OITEAGAN ON IAR

le Iain MacCormaig

Akerbeltz

Chaidh an tionndadh seo a dheasachadh is fhoillseachadh ann an 2022 le Foillseachadh Akerbeltz, Glaschu.

Dàta Leabharlann Bhreatainn Cataloguing-in-Publication

Gheibhear clàr CIP an leabhair seo o Leabhar-lann Bhreatainn

Stèidhichte air *Oiteagan O'n Iar* le Iain MacCormaig a chaidh fhoillseachadh le Alasdair Gardner ann an 1908.

Air a dhealbhadh is air a chlò-shuidheachadh le Foillseachadh Akerbeltz

Dealbhadh a' chòmhdachaidh le Rob Wherrett

ISBN 978-1-907165-49-8

Gheibhear barrachd fiosrachaidh mun leabhair seo air an làrach-lìn a leanas:

www.akerbeltz.eu

CLÀR-INNSE

Am Bàillidh Mabach 's am Muillear Crotach

Bha còrr agus dà mhìle de shluagh an sgìreachd Chill nam Manach, ach cha robh eadar dà chloich na sgìreachd sin dithis eile cho grànda ri Eòghann Muillear 's ris a' Chòirneal Bhàn, am bàillidh. Theireadh am bàillidh fhèin nach fhaca e a-riamh duine cho grànda ri Muillear an Dùin Bhàin, is theireadh am Muillear, air an làimh eile, gum b' iomadh coigreach a chuir suas dachaigh an sgìreachd Chill nam Manach, ach fhad 's a rachadh a chuimhne fhèin air a h-ais – agus b' e sin leth-cheud bliadhna – nach robh a h-aon a-riamh innte cho grànda ris a' bhàillidh. Ach mun tubhairt

Iain Ruadh greusaiche e: "Nan sealladh iad orra fhèin anns an sgàthan, cha chreid mise gum biodh e ro fhurasta don dara fear an t-urram a thoirt don fhear eile." "Tha Eòghann Muillear," ars esan, "agus croit air tighinn air le bhith criathradh na mine, agus tha a' bhraoisg a chuireas e air fhèin a chumail na sadaich às a shùilean, air leantainn buileach ris. Tha 'm bàillidh, air an làimh eile, cho spìocach 's gu bheil mulain an dèidh tighinn air le bhith ga lùbadh fhèin a dhol do thaigh nan cearc a rùrach nan uighean."

Ach ged a bha sin mar sin a thaobh a' bhàillidh agus a' mhuilleir le chèile, cha robh dithis bhan fad na sgìreachd a bu bhrèagha na bean a' mhuilleir agus na bean a' bhàillidh. Bha bean a' mhuilleir na boireannach òg snasmhor, cho fad bho dheich bliadhna fichead 's a bha am muillear fhèin os cionn leth-cheud. Bho mhoch gu dubh chluinnteadh guth a ciùil cho binn ri smeòraich air craoibh, is bha Eòghann Muillear ga mheas fhèin mar an aon duine bu shona san dùthaich, gun d' amais a leithid de mhnaoi air. Ach 's ann a theireadh cuid de na coimhearsnaich gun do phòs Màiri Bhàn Muileann an Dùin, is nach b' e Muillear an Dùin. Ach bitheadh sin 's a roghainn dha, bha Màiri cho toilichte 's a bha an latha cho fada.

A-nis, chaidh iomradh a-mach gun robh Eòghann a' glèidheadh briuthais anns a' mhuileann. Chan eil teagamh nach fhaighteadh làn slige den stuth làidir an taigh Eòghainn nuair nach fhaighteadh an aon taigh eile sa bhaile e, is cò b' fheàrr 's a b' fhaide a dh'fhalaicheadh briuthas na am muillear, is cha bhiodh a' phoit-dhubh gun a bhith air ghleus cho dlùth don àth-thaigh. Ràinig gach nì dheth seo cluasan a' bhàillidh. Is iomadh breug choltach a ràinig a-riamh iad, agus mar a dh'èireadh do dh'iomadh h-aon den t-seòrsa, no de sheòrsa a' bhàillidh fhèin, cha b' e idir dol a-staigh air an dàrna tè is tighinn a-mach air an tè eile a dhèanadh iad, ach dol a-staigh agus fuireach a-staigh.

Seo ma-tà, mar dh'èirich do bhriuthas muillear an Dùin, agus is iomadh innleachd mhath a dh'fheuch am bàillidh mabach air am muillear bochd a bhrath. Bha e a' smaointinn gun robh fàileadh a' chaochain à toit na h-àtha fhèin, is nuair a gheibheadh e gloine den stuth làidir an taigh a h-aoin den tuath — rud a gheibheadh e tric gu leòir, 's a gheibheadh tuille 's tric airson tilleadh dhachaigh leis fhèin — 's gann nach abradh e gun robh e ag aithneachadh blas an eòrna mhòir a chinn an atach a' bhuntàta an achadh an t-sruthain. Is iomadh sràid shleamhainn mhoch agus anmoch a thug e don mhuileann fhèin, agus is iomadh gloine mhath a fhuair e ri linn dol an rathad.

"Thèid mis' an urras," mun tubhairt Dùghall Òg e, "mura bheil poit-dhubh aig a' mhuillear a dhèanamh uisge-bheatha gum bi deagh phoit-dhubh aige a ghlèidheadh uisge-bheatha nuair a bhios am bàillidh aige."

Agus 's ann dha a b' fhìor. Is iomadh poit-dhubh nach glèidheadh uiread ris aig iomadh àm. Is nuair a gheibheadh e anail an dèidh a dheagh ghloine a chur thairis, theireadh esan —

"Mas i 'n Àird Bheag a tha 'n siud, Eòghainn, cha deach mòran de dh'uisge 'n Dùin ga baisteadh."

Ach bu mhiann leis a' bhàillidh fhaotainn a-mach an deach mòran de dh'eòrna an Dùin ga dèanamh, cho math ri uisge an Dùin ga baisteadh. Cha robh innleachd a ghabhadh cleachdadh nach d' fheuch e airson briuthas an Dùin a bhrath. Bu duilich an rud nach robh ann fhaotainn, ach bha an nì air a chur cho domhain na cheann le cuid aig an robh farmad ris a' mhuillear bhochd 's nach gabhadh e cur às. Leis a sin, thigeadh am bàillidh aig aman iomchaidh agus mì-iomchaidh mun cuairt a' mhuilinn cho seòlta ri aon sionnach a thàinig a-riamh a shealg air grunnan ghèadh a bhiodh nan laighe air an dùnan. Ach mu dheireadh thall, 's ann a thòisich am muillear air smaointinn gum b' ann a bha am bàillidh tighinn tuille 's tric, gu seachd sònraichte nuair bhiodh e fhèin bhon taigh.

A-nis, b' e Eachann na Coille, mar a theireadh iad ris, a chuir briuthas a' mhuilleir an ceann a' bhàillidh, ged is tric a chuir am muillear fhèin na bheulan agus na cheann, cuideachd, iomadh gloine mhath den stuth a chaidh a dhèanamh sa bhriuthas, ma bha briuthas ann, an rud nach robh. Ach cha robh mucan san dùthaich cho reamhar ri mucan a' mhuilleir. Cha do sheas aig faidhir, iomadh bliadhna ron àm ud, gamhna cho math ri gamhna a' mhuilleir, agus, barrachd air a sin, bhon a chuir uisge Loch a' Ghlinne a' chiad char de roth mòr a' mhuilinn, cha robh a ghàirneal falamh den mhin a b' fheàrr. Leis a sin, shanntaich Eachann cuid a' mhuilleir bhochd, is cha do smaointich e air aon innleachd a b' fheàrr air am muillear a chur air falbh na chur an ceann a' bhàillidh gun robh àth a' mhuilinn cho tric a' teasachadh na poite-duibhe 's a bha i a' cruadhachadh an t-sìl, rud a bha barail làidir aig Eachann e fhèin ann. Ach a' bharail a bhios aig duine air fhèin 's i a bhios aige air a choimhearsnach, agus 's ann mar sin dh'èirich do dh'Eachann na Coille, agus chan eil teagamh nan d' fhuair e seilbh air muileann an Dùin aon gheamhradh fhèin nach b' iomadh poca mine a rachadh dhachaigh gun an tomhas ann.

Ruigeadh e am bàillidh latha an dèidh latha. Naidheachd ùr an-diugh aige, is naidheachd ùr eile a-màireach. Nan rachadh am muillear a dh'ionnsaigh a' bhaile le pige a dh'iarraidh a làn de dh'ùilleadh nam piocach, 's ann gu bàta Dhùghaill Bhàin a rachadh e le pige uisge-bheatha ga thoirt do Ghlaschu. Nam faiceadh e buideal càbhraich an cùil sam bith an taigh a' mhuilleir, 's e uisge-beatha a bhiodh ann. Cha robh pige no botal falamh san dall-uinneig no an àite fo chromadh an taighe nach robh làn de dh'uisge-beatha, aig Eachann, gus nach mòr nach robh e a' cur na daoraich air a' bhàillidh gun aon sileadh a thoirt dha, agus 's e sin bu trice a dhèanadh e ged bhiodh e aige, chionn bha e cho spìocach 's a bha e cho bradach.

Ach aon latha sin thuirt am bàillidh ri Eachann −

"A-nis, Eachainn, feuchaidh sinn innleachd ùr a-nochd. Tha fhios agad, tha e fada an aghaidh an lagha agus an aghaidh riaghailt na h-oighreachd cuideachd, a bhith dèanamh uisge-bheatha air an dòigh seo, agus ged a dh'fhaodainn-se ceum bu dìriche na seo a ghabhail airson a' phoit-dhubh fhaotainn a-mach, ma tha i ann, tha e ceart, an toiseach, bonn is làidriche na barail a bhith agam gun gharbh-rannsachadh a dhèanamh, agus an dèidh sin a bhith air mo mhealladh 's air ùpraid a thogail feadh na dùthcha. Thèid thusa, ma-tà, far a bheil am maor bàn, agus abradh tu ris fios a chur air Eòghann Muillear mu dheich uairean a-nochd airson gnothaich shònraichte bhuineas dhòmhsa. Cha do phàigh am maor màl na leth-bhliadhna seo chaidh fhathast, is nì e rud sam bith air mo shon. A-nis, tha Màiri Bhàn, bean a' mhuilleir, air m' aodann gach latha airson croit Iain MhicAlasdair a thoirt do Dhùghall, a bràthair. Nuair a dh'fhalbhas am muillear a-mach, thèid mise steach. Gabhaidh mi mar leisgeul airson tighinn an rathad cho anmoch gun robh mi fhèin is na gillean a' sealltainn às dèidh nam fear Gallda a tha togail an taigh-sgoile, 's a chuir an t-àbh an abhainn a' ghlinne an oidhche roimhe, is ri linn tighinn cho faisg air an taigh, gun do smaointich mi gun tiginn a-staigh a dh'innseadh dhi gum bheil Dùghall ris a' chroit fhaotainn, is ciod e fios, leis an t-sodan a bhios na ceann, agus Eòghann a-mach, nach toir i dhomh eachdraidh na poite-duibhe gu maol marbh, am beachd nach bi 'n còrr uime. Ciod e mar a fhreagradh sin, Eachainn?"

"Cha chuala mi riamh nas fheàrr," ars Eachann. "Càit an cinneadh innleachd mura cinneadh i 'n ceann bàillidh, ach gabhaibh mo leisgeul, a bhàillidh, 's e tha mi ciallachadh cò 'n ceann san dùthaich san cinneadh innleachd mhath mura cinneadh i nur ceann fhèin, tha làn foghlaim is ionnsachaidh. Is iomadh duine chuir sibh às an dùthaich riamh, ach 's e tha mi a' ciallachadh, ler cead, gur h-iomadh droch dhuine chuir sibh air falbh riamh, agus chan fhad gus am bi muillear an Dùin air ceann rathaid, cuideachd."

Bha Eachann a' gabhail air a bhith fuathasach dìleas don bhàillidh, ach mar a dh'èirich do dh'iomadh neach eile san dùthaich, bha a bharail fhèin aige air na chridhe, is cha b' urrainn a theanga a' bharail sin fhalach air uairean.

Ach, co-dhiù, dh'fhalbh Eachann agus thug e aghaidh air taigh a' mhaoir bhàin, agus mar a bha am fear a bh' anns an sgeulachd − "ma b' fhada bhuaithe e, cha b' fhada ga ruigheachd e." Bha a' ghaoth na chùl, co-dhiù, agus, barrachd air a sin, bha an toil-inntinn a bh' air, am beachd gum biodh e gu goirid na mhuillear san Dùn, a' toirt sparraidh mhaith dha air aghaidh. An àm dol seachad air a' mhuileann, ars esan na inntinn fhèin − "Dìreach aon ràith eile agus bithidh tusa, mhuilinn an Dùin, air mo shealbh-sa, led roth mòr, 's led threabhailt, 's led àith."

Nuair a ràinig Eachann taigh a' mhaoir, liubhair e a theachd-aireachd, agus dh'fheuch am maor bàn ri iarrtas a' bhàillidh a chur an cèill cho math 's a dh'fhaodadh e, mar a chì sinn.

Mu dheich uairean air an oidhche sin fhèin bha am muillear 's a bhean nan suidhe gu socrach sàmhach taobh na cagailt. Bha an crùisgean dubh gu dreòsach an crochadh ri posta na leapach, Màiri a' cur nan lùban mu dheireadh an sròin stocaidh, Eòghann is bus feadaireachd air, a sgrìobadh slatan caoil, agus bha a' phoit chàbhraich airson na suipearach a' plosgail air slabhraidh os cionn an teine, nuair a thàinig teachdaire a-steach bhon mhaor ag iarraidh Eòghainn airson gnothaich shònraichte, agus ged a bha e glè dhuilich le Eòghann a thaigh fhèin fhàgail mun àm ud de dh'oidhche, cha bu luaithe a shluig e a chàbhraich na a-mach a thug e.

Chrann Màiri an doras agus, le osainn thruim, shuidh i taobh an teine 's a làmh fo lethcheann a' sealltainn sna h-èibhlean, agus anns na smaointean troma a bh' aice mun ghnothach shònraichte airson an deachaidh Eòghann a thoirt air falbh bho thaigh fhèin mun àm ud de dh'oidhche, chuala i plub an lochan a' mhuilinn, agus an sin ràn agus osnaich a chuir oillt oirre. Dh'èirich i le cabhaig gus an doras-chùil, 's i an dùil gum b' e Eòghann a bh' ann air tilleadh agus air tuiteam anns an lochan an dèidh dol iomrall san dorcha. Ach an uair a dh'fhosgail i an doras, cò thàinig a' spàgail a-steach ma h-aghaidh 's ma h-aodann ach am bàillidh, agus ceud mìle sruth às bho mhullach a chinn gu bonn a chas.

"A sheann shlaightire bhradaich," arsa Màiri anns a' chiad chrathadh ris, "ciod e thug an seo thu mun àm seo dh'oidhche, agus fhios agad nach eil fear mo thaighe a-staigh? Tha mi nis a' tuigsinn gur h-iad d' innleachdan 's do thratan a thug air falbh a-nochd e, agus till an taobh a thàinig thu cho luath 's a rinn thu riamh."

Bha am bàillidh na sheasamh air an stairsneach, 's e air chrith leis an fhuachd 's leis an eagal còmhla, agus is gann a bheireadh Màiri dha ùine air bruidhinn ged a b' urrainn dha – an rud nach b' urrainn.

"Bha mi – bha mi –" ars esan.

"Bha thu – bha thu –" arsa Màiri, "bha thu an lochan a' mhuilinn, agus ma dh'fheuchas tu ri ceum eile thoirt a-steach an seo, bithidh tu ann a-rithis agus an comhair do chinn, cuideachd, an àite bhith 'n comhair do chas mar a bha thu cheana."

"Ùbh, ùbh, a Mhàiri, nach èist thu," ars am bàillidh, "bha mi dìreach sgrìobag rathad na h-aibhne sealltainn às dèidh nan clachairean Gallda ud a tha glacadh a' bhradain, is bhon a bha mi tighinn dlùth don taigh, smaointich mi gun tiginn a dh'innseadh dhut gu bheil Dùghall do bhràthair ri croit Iain MhicAlasdair fhaotainn. Chaidh mi iomrall san dorcha is thuit mi san lochan gus an d' ràinig an t-uisge mo dhà chluais, mar tha thu a' faicinn."

"'S iomadh droch rud a ràinig do dhà chluais riamh," arsa Màiri, "is ged a bhiodh an dà dhiubh bodhar greis, cha bu mhist' an gnothach dad e. Bi 'mach, bi 'mach sa mhionaid!"

Ach a-mach cha rachadh am bàillidh air a h-àilgheas, agus nuair a chunnaic Màiri seo, thog i breacan mu ceann agus, le fòid teine na làimh, thug i orra taigh a' mhaoir bhàin.

Chunnaic am bàillidh gun robh an ceòl feadh na fìdhle. Cha robh aige ach a bhith a' spaidsearachd air an ùrlar gun fhios ciod e a dhèanadh e, ach co-dhiù, seach dol dhachaigh fliuch, agus, airson a' chuid a b' fheàrr a dhèanamh den chuid bu mhiosa, chuir e dheth a h-uile stiall aodaich a bh' air agus, an uair a dh'fhàg e an crochadh e ri cùl cathrach mu choinneamh an teine, thug e clòsaid bheag a' mhuilleir air, agus dh'fhalbh e a laighe.

Leanaidh sinn a-nis Màiri. Nuair a ràinig i taigh a' mhaoir, is a h-uile duine air dol mu thàmh, thug i aon leth-dusan buille air an doras, a thug air na coin a bha a-staigh a bhith a' donnalaich gus an do shaoil a' chuideachd gun robh an taigh mun cinn. Cha robh duine fo chromadh an taighe nach robh aig an doras còmhla, agus an nuair a fhuair Màiri a-staigh, dh'aithnich am maor gun robh stoirm na malaidhean agus gum bu shuarach Coire a' Bhreacain seach i nuair a thòisicheadh i.

"Ùbh, ùbh, a Mhàiri," ars esan, "ciod e ghluais ort a-nochd?"

"Sin agad dìreach a' cheart cheist a bu chòir dhòmhsa chur ortsa," arsa Màiri. "Tha mi deagh chreidsinn gun do ghluais orm a-nochd pàirt ded thratan-sa, rud a ghluais air gach dàrna fear no bean san dùthaich bhon chiad latha shuidh thu innte. Ciod e 'n èiginn mhòr anns an robh thu nuair a thug thu 'n duine agam air falbh bho thaigh fhèin air druim a' mheadhan-oidhche?"

"Ud, a Mhàiri," ars am maor, "chan eil dad ceàrr. Tha gnothach sònraichte agam fhèin is aig Eòghann is aig a h-aon no dhà eile ri dhèanamh moch sa mhadainn, is chùm 's gum biodh Eòghann na bu ghoireasaiche, chuir mi fios da ionnsaigh a-nochd fhèin, is tha e na chadal gu sàmhach socrach san t-sabhal."

"Na chadal gu sàmhach socrach san t-sabhal!" arsa Màiri, "mu thuaiream mìle da thaigh fhèin! Shaoilinn gur e gnothach sònraichte bh' ann gu dearbh, ach, co-dhiù, chan eil e ciallachadh dad dhuibhse 's nach e. Càraich coinneal san lòchran a rinn an ceàrd mòr dhut an-uiridh airson a bhith liubhairt nam bàirlinnean san oidhche, agus thig agus leig Eòghann a-mach às an t-sabhal. Ma tha feum agad air, gheibh thu sa mhadainn e air a theintean fhèin. Thig dìreach air a' mhionaid seo, agus bi tachas do chinn nuair a dh'fhalbhas mise 's Eòghann."

Chunnaic am maor nach gabhadh Màiri diùlt no doicheall. Dh'fhalbh e leatha a dh'ionnsaigh an t-sabhail, ach nuair a ràinig iad an sabhal, cha robh aca ach an gad air an robh an t-iasg. Cha robh ri fhaicinn de Eòghann ach an lag a rinn e le dhruim san fheur. Thuig am maor gur e teicheadh dhachaigh a rinn e, agus thèid mise an urras gun do thachais e a chiabhagan an sin, agus nach b' ann air a shocair, a chionn neach air bith, chan e a-mhàin muillear na sgìreachd, a bhith a' diùltadh òrdaighean a' bhàillidh "bus mun fhiacail" mun tubhairt e fhèin e.

"Thèid mise 'n urras," ars esan, "nach cìr thusa, Mhàiri, ceann liath sa mhuileann airson seo. Ach gun stad no seasamh ruigidh mise *teintean Eòghainn*, mun tubhairt thu fhèin e, agus mum fàg mi e, cha chreid mi nach moll a bhios air a' mhuillear chrotach de dh'aithreachas no chaochladh airson a thùirn a-nochd."

Ghlaodh e ris an sgalaig, agus dh'fhalbh iad fhèin is Màiri, gualainn air ghualainn, gu muileann an Dùin, agus fhad 's a bhios iad a' gabhail ceum air an aghaidh, bheir sinn sùil an rathad Eòghainn, agus, mar an ceudna, a' bhàillidh.

Tha e coltach nach robh Eòghann fada na shìneadh am measg an fheòir san t-sabhal nuair a thòisich e air smaointinn ciod e idir a b' adhbhar e a bhith air a thoirt air falbh bho thaigh fhèin nuair bu chòir dha a bhith na leabaidh. Nam biodh aon duine eile fhèin anns a' bhaile air a cheart chur chuige, cha bhiodh an gnothach cho iongantach leis, "ach agam," ars esan ris fhèin, "a bhith air mo chois a-màireach mum blais an t-eun an t-uisge, a bhreacadh na cloiche, agus an dèidh sin dusan boll' eòrn' agam rim bleith do dh'fhear a' Choire."

Ach mun tubhairt am bàrd e − "Trì nithean a thig oirnn gun iarraidh, 's iad eagal is eudach is gaol," agus tha e glè choltach gun tàinig an trì còmhla air Eòghann an oidhche ud. Agus gun mhòran ùine a chur seachad am measg feòir a' mhaoir, dh'èirich e. Agus an uair a chrath e e fhèin, a-mach a ghabh e agus thug e aghaidh air an taigh. Tha e glè choltach gun deach e fhèin is Màiri seachad air a chèile, ged nach do thuig an dàrna h-aon gum b' e an t-aon eile a bh' ann.

Nuair a ràinig Eòghann an taigh, fhuair e an doras sìnte suas fosgailte.

"Leth na bochdainn!" ars esan ris fhèin, "ciod e tha seo a' ciallachadh? Nach do dhruid Màiri an doras air mo shàil, is nach cuala mi 'n glag a thug an crann, 's mi sìos an cabhsair, is leis a sin, cò b' urrainn fhosgladh, mura fosgladh Màiri fhèin e?"

Ghabh Eòghann a-staigh air a shocair fhèin. Sheas e air meadhan an ùrlair is sheall e mun cuairt air.

"Nach b' i seo mo bharail daonnan," ars esan, "aodach a' bhàillidh ga chumail blàth ris an teine. Nach beag fiughair a bha ri Eòghann a thilleadh a-nochd. Ach, co-dhiù, ma ràinig am bàillidh mo thaigh-sa, 's mi fhèin a-muigh, nach ceart an gnothach dhòmhsa a phàigheadh mu chlàr a dhèanamh."

Leis a sin chuir Eòghann dheth aodach fhèin agus chàraich e air a h-uile bad de dh'aodach a' bhàillidh. Thug e sràid no dhà air an ùrlar feuch ciamar a shealladh e na bhriogais ghoirid, stocainnean fada buidhe, agus deacaid sgiobalta sealgair. Nuair a phutanaich Eòghann e fhèin, dh'fhalbh e is dhruid e an doras as a dhèidh.

Is gann a ràinig e cheann uidhe nuair a dhùisg am bàillidh, thug e sùil do mhullach an taighe mar nach biodh cuimhne aige càit an robh e, agus an sin, mar gun tigeadh e chuige fhèin sa mhionaid, thug e cruinnleum a-nall air an ùrlar.

"Tha mi air mo neo-thraing," ars esan, "m' aodach tioram seasgair, 's cò chreideadh gun robh e 'nochd fhèin air fhalcadh an lochan a' mhuilinn. Ach ciod e chuir m' aodach-sa làn de shadaich mine? Aodach a' mhuilleir!" ars esan, 's e a' toirt sad air bad an dèidh bad dheth do chùil na mòna. Thug e sràid no dhà feadh an ùrlair 's e rùisgte, is a' cur dheth mar gum biodh an taigh làn. Ach, co-dhiù, mar gun smaointicheadh e gum feumadh e dol dhachaigh air dhòigh èiginn, agus gum b' fheàrr a thaigh fhèin a ruigheachd le aodach a' mhuilleir seach a bhith gun aodach idir, sgeadaich e e fhèin mar a b' fheàrr a dh'fhaodadh e, ach is iomadh crùnluth goirt geur a rinn e mun deach e tron riaghailt air fad. Ach ged a thachair dha, uair no dhà, òrdag mhòr a chur an tuill a bh' air a' bhriogais an àm a cur air, is ann a smaointich e mar nach b' olc idir gus an do chuir e air paidhir de bhrògan mòra anns an robh seachd sreathan thacaidean, agus an sin, nan robh Eachann na Coille, 's am muillear, is Màiri astar fad bòta dha, 's gann nach gabhadh e an lagh a's a làimh fhèin. Ach cha robh pàirt dhiubh cho fada bhuaithe 's a bha e a' saoilsinn, oir dh'fhosgladh an doras, agus cò thàinig a-steach ach am maor, agus air a shàil bha Màiri agus an sgalag.

"Tha thu 'n seo, a sheann shlaightire chrotaich, 's thèid mise 'n urras, ma fhuair thu às romhaid, nach fhaigh thu às an tràth seo."

Agus anns a' mhionaid bha am bàillidh air slatraich a dhroma air an ùrlar aige.

"Leig mise air mo chois," ars esan, "'s mi fhèin a th' ann, is chan e am muillear."

"'S tu fhèin a th' ann gun teagamh, agus is math tha fhios agams' air mo chosg gur tu, is mum faigh thu air a' chois, bithidh fhios a'm carson."

"An cluinn thu?" ars am bàillidh, "cha mhise 'm muillear mar tha thu saoilsinn, ach is mi 'm bàillidh, agus leigidh mis' fhaicinn dhut nach fhalbh thu bhuamsa le bàirlinn rid bheò an dèidh na h-oidhche seo."

"An tu, gu dearbh?" ars am maor, "is mise nach fhalbh, ach creid nach fhad gus an tig mi chugad le tè."

"An e gun dèanadh tu leithid de dhìol air m' fhear-sa air ùrlar a thaighe fhèin?" arsa Màiri, 's i a' càradh thairis brèid nan soitheachan, bog fliuch 's mar a bha e, air a' mhaor, mun aodann, agus sin le sgailc a chuir teine-adhair às na sùilean aige.

Eadar a h-uile dad a bh' ann fhuair am bàillidh air chois. Leum Màiri is chuir i a dà làimh mu amhaich ga phògadh.

"Eòghainn bhochd," ars ise, "nach ann dhutsa dh'èirich e 'nochd. Cha dìochuimhnich sinne seo fhad 's a bhios sinn còmhla san Dùn."

"Gabh romhad, a bhiast!" ars am bàillidh, "nam biodh tu cho coibhneil sin rium nuair a thàinig mi far an robh thu a'm euban fliuch fuar, cha robh a' chùis mar seo an tràth seo, agus leigidh mise fhaicinn dhut fhèin 's dod *Eòghann bochd*, ma tha sibh san Dùn a-nochd, gum bi sibh air an dùnan fhèin a-màireach, no cha mhise is bàillidh."

Chunnacas an sin gum b' e am bàillidh fhèin a bh' ann gun teagamh. Dh'fhàs am maor is an sgalag bodhar dall, is thug Màiri ionnsaigh air a làmhan a chur mu amhaich a-rithis, ach cha b' ann ga phògadh, agus faodar a chreidsinn, mura cumadh am maor bàn air a h-ais i, gur gann a bhiodh e na bhàillidh tuilleadh.

"Leig chuige mi," arsa Màiri, 's i a' breith air a mhaide-bhrochain, "is leigidh mis' fhaicinn dha 's nach aithnicheadh a sheanmhair e ged bhitheadh i beò."

Ach Màiri chan fhaigheadh chuige, agus bha e cho math, chionn chan eil teagamh nam faigheadh i am bad a' bhàillidh, nach biodh i cho math ra gealladh.

Ach ma bha Màiri a' cur dhith, bha am bàillidh a' cur dheth mar an ceudna. Is ged a bha e coltach nach glèidheadh am maor bàn fhèin clach da dhùthaich mun rachadh seachdain eile thar a chinn, is gann gum b' urrainn e cumail o ghàireachdaich nuair a shealladh e air sgeadach a' bhàillidh. Bha bhrògan cho mòr 's gun saoileadh tu gun rachadh a dhà chois san aon tè còmhla, agus a chionn gun robh croit a' mhuilleir na bu mhò na croit a' bhàillidh, bha leis a sin lag san deacaid eadar dà shlinnean a' bhàillidh mar gum biodh bolla-lìn sgadain a bhiodh air a dhroch shèideadh.

Ach, co-dhiù, bha an oidhche air dol seachad, cha robh a choltas air Eòghann tilleadh le aodach a' bhàillidh, is nam beireadh an latha air a' bhàillidh falbh dhachaigh gu thaigh fhèin le aodach a' mhuilleir, cha b' i cùis a b' fheàrr. Leis a sin dh'fhalbh an comann air fad, Màiri 's gu lèir, is am bàillidh fhèin air an ceann, is ged nach robh a cheòl ro thaitneach ri linn dha àite pìobaire a ghabhail, cha robh am maor 's an sgalag gun reusan cridhealais gu leòir fad an rathaid. Cha robh lòn a thachradh air a' bhàillidh nach tioramaicheadh e nuair a leumadh e ann le dhà bhròig mhòir. Bha na brògan fhèin cho farsaing dha 's nuair a ghabh iad an t-uisge, gun robh a chasan a' glocail annta mar gum biodh sean bholg-sèididh air am biodh toll, is nuair nach bualadh e sròn na dàrna bròige air sàil na tè eile, bhualadh e ri tulmain i 's bha a cheann fodha.

Ach, co-dhiù, eadar a h-uile dad a bh' ann, ràinig iad an ceann-uidhe. Ach, mar a bha nàdarra, bha an taigh air dol mu thàmh. Ach nuair a ràinig am bàillidh an doras, thug e buillean air a thug fuaim às a h-uile soitheach a-staigh. Ach cha tug duine feart. Ghabh e an sin don doras le chasan gus nach mòr nach do chosg e brògan a' mhuilleir agus an doras fhèin, cuideachd. Ach, mu dheireadh thall, chuir tè de na searbhantan a ceann a-mach air an uinneig.

"Cò air an t-saoghal a bhiodh ri leithid seo de dh'ùpraid aig doras duine sam bith aig an àm seo dh'oidhche, agus gu sònraichte aig doras a' bhàillidh?"

"Faodaidh am bàillidh ùpraid a dhèanamh aig a dhoras fhèin uair air bith a thogras e, ciod e sam bith an t-àm a bhitheas ann, agus fosgail thusa an doras is leig mise staigh."

"Ùbh, ùbh," ars ise, "nach e 'm muillear bochd a ghabh a-nochd i? Is fheàrr dhut, a laochain, dol dachaigh mun dùisg thu 'm bàillidh, air neo chan eil fhios a'm ciamar thèid dhut idir."

"Tha 'm bàillidh na dhùsgadh cheana," ars esan, "agus fosgail dhòmhsa mo dhoras fhèin, no thèid thusa dhachaigh agus chan ann air do shocair."

Thogadh an sin uinneag eile, agus cò chuir a-mach a ceann ach bean a' bhàillidh i fhèin.

"Cò tha ris an ùpraid seo? Am muillear bochd 's an daorach air!" ars ise.

"Chan e 'm muillear a th' ann, ach 's e d' fhear-sa th' ann."

"M' fhear-sa! Laochain," ars ise, "tha m' fhear-sa na chadal gu socrach sàmhach rim thaobh bho chionn dà uair an uaireadair, bha e faire na h-aibhne a-nochd, is bha e anmoch gun tighinn dachaigh. Is fheàrr dhutsa, laochain, dol dhachaigh cuideachd, ma chluinneas e gun robh thu 'n seo ri leithid de dh'ùpraid, 's an daorach ort, cha bhi e idir toilichte. Oidhche mhath leat, a laochain, is bi falbh dhachaigh gu h-ealamh."

Leis a sin a ràdh, leag i an uinneag is dh'fhàg i am bàillidh a' beucaich a-muigh, mar gum bitheadh beathach fiadhaich.

Ach an ceann treis bhig, dh'fhosgail bean a' bhàillidh an doras, chaidh an comann air fad a thoirt a-staigh, am bàillidh 's e a' srathail le brògan mòra tacaideach, 's a' cur dheth gun stad, Màiri 's i a' tuireadh, 's am maor bàn 's an sgalag gan tachdadh leis a' ghàireachdaich.

"Nach neònach leamsa thusa, Eòghainn," arsa bean a' bhàillidh, "a bheireadh tu fhèin suas don deoch air an dòigh sin."

"Na cluinneam-sa an còrr de dh'Eòghann," ars am bàillidh, "fhuair mi mo leòir agus mo dhà leòir a-nochd cheana dheth, agus ged nach fhaighinn ach a chuid aodaich làn de shadach mine bu leòir sin fhèin."

"Ud, ud, Eòghainn, nach glan don a h-uile duine a chuid aodaich fhèin?"

"'S glan," ars esan, "agus is glan dhòmhsa mo chuid aodaich fhèin, cuideachd, seach aodach a' mhuilleir."

Ach anns a' bhruidhinn a bh' ann, cò thàinig am measg na cuideachd ach am muillear, agus, mo riar! gur e a bha spaideil le brògan aotrom, briogais ghoirid, ad bhog air leth-taobh a chinn, agus bata buidhe na làimh.

A-nis, nuair a ràinig Eòghann taigh a' bhàillidh 's a dh'innis e an eachdraidh, thuig bean a' bhàillidh mar bha a' chùis. Chuir i Eòghann còmhla ris na seirbhisich, chaidh gach solas a bha a-staigh a chur às agus an taigh mar gum biodh mu thàmh, a chùm an cleas a chuala sibh a ghiùlan a-mach nuair thigeadh am bàillidh dhachaigh.

Nuair a thàinig Eòghann a-staigh san t-seòmar, thug e smàdadh math don bhàillidh an làthair na bha a-staigh, a chionn a leithid de dh'ùpraid a dhèanamh airson sgeòil gun dreach. Chunnaic am bàillidh nach d' fhuair e ach a thoillteanas, agus rinn e duine math a-riamh tuilleadh. Chaidh Eòghann 's Màiri dhachaigh a cheart cho toilichte 's a bha iad an latha a phòs iad. Agus chan e a-mhàin nach d' fhuair Eachann na Coille muileann an Dùin mar bha fiughair aige, ach mun tubhairt fear romhaid mun mhuic-mhara a shrac na lìn-sgadain aig bàillidh sònraichte eile, "bha feum aice nach robh croit aice."

Tro Chruadal

"Seachdain on diugh − aig dà uair dheug − mur tigear gu co-chòrdadh − le òrdugh an Diùc! 'S ann sa chùil chumhaing a tha mi, gu dearbh, agus 's i cheist: ciod e mar thig mi aiste. Seachdain on diugh cha bhi air mo sheilbh ach an t-aodach anns a bheil mi nam sheasamh, mur dèanteadh cobhair orm − seachdain on diugh!" 's e a' sealltainn air an litir a-rithis s a' spaidsearachd air ais 's air aghaidh air an ùrlar, 's a cheann san làr.

"Ochòin, ochòin, nach iomadh rud a bheir dà mhìos dheug na bliadhna mun cuairt. Ach nan robh agamsa an-diugh na bheil bhuam, chan fhaicinn mi fhèin falamh, ged an robh na bheil air uachdar Chnuic Mhaolagain air falbh leis na gaoithean 's leis na h-uisgeachan, mar a tha e coltach a bhios e seachdain on diugh!"

Shuidh e, leig e uilinn air a ghlùinean is tharraing e osann throm bho ghrunnd a chridhe. Ag èirigh gu grad air a chasan, thug e seirm air clag, agus thàinig searbhanta sgiobalta an làthair.

"Abair ri Calum tighinn an seo tiotan," deir esan. Thug a' chaileag leum air falbh. Chunnaic i gille a' bhàillidh a' tighinn a dh'ionnsaigh an taighe, chunnaic, mar an ceudna, am bruaillean a bha na aodann, is thuig i gun robh rud èiginn air dol air aimhreit. Liubhair i a teachdaireachd do Chalum 's a h-anail na h-uchd, agus, anns a' mhionaid, bha Calum an làthair a mhaighstir.

"An robh feum agaibh orm, ler cead?" ars esan, 's e na sheasamh, 's a bhoineid na làimh.

Bha an duin'-uasal, 's a shùil is inntinn air an litir, is cha do mhothaich e do Chalum. Thug e leum nuair a chuala e fuaim a ghuth, 's a' tilgeil na litreach air a' bhòrd le sad, thubhairt e, 's e a' cur a làimhe air guala a sheirbhisich dhìlis, "A Chaluim, tha saighead an siud chugamsa," 's e a' tomhadh a chorraig ris an litir air a bhòrd, "is chan eil ach an aon chiall-seunaidh agam a chùm 's nach leòinteadh mi, agus 's e sin gun tèid thusa air thuras cudromach do Inbhir Aora dhòmhsa, agus gum bi thu air d' ais an seo seachdain on diugh ro dhà uair dheug. Bi leth-uair air deireadh is bithidh mise gun Chnoc Mhaolagain, agus thusa gun mhaighstir," 's e a' bualadh a làimhe air guala Chalum.

Thuig Calum gun robh a dheagh mhaighstir an èiginn chruaidh. Thuig e gun robh a shaorsa bho dhoilgheas agus a sheilbh air a' bhaile an earbsa uile ri ghleustachd 's ri sgairt-san. Thuig e gun robh spàirn chruaidh ri dèanamh agus gum bu mhò an t-inneach na an t-iomall a bh' air an ùine airson gnìomh a chur an cèill. Thog e a mhalaidhean, dh'fhosgail e a shùilean 's chas e fhiaclan, agus ars esan – "Ma tha e eadar dà chloich Mhuile a nì 'n gnìomh, 's e Calum Mòr Chùl a' Bhaile. Dhomh an teachdair-eachd is bithidh mi air ceann an rathaid air ball," is e a' toirt sad da chois chuaranaich air an ùrlar.

Chuir a mhaighstir litir na dhòrn, 's gun tuilleadh dàlach, thug Calum Mòr aghaidh air an astar, le ceapaire mòr eòrna an lùib a bhreacain, bata cruaidh daraich na làimh dheis agus Cruachan, an cù glas, mar chompanach rathaid.

Nuair a dh'fhalbh e, thilg Fear Chnuic Mhaolagain e fhèin de ghlag an cathair mhòir dà làimhe, is tharraing e osann fhaochaidh bho chridhe, 's a mhisneach air a h-ath-ùrachadh, gum faigheadh e fuasgladh fhathast às an teanntachd ghoirt san robh e, ach bha e uile an earbsa an euchd a ghabh Calum dìleas os làimh.

Bha an duin'-uasal caomh seo aon uair na mhaighstir air stòras mòr de òr a rinn e thairis. Air bàs athar, thàinig e dhachaigh a ghabhail seilbh air an fhearann, ach mar a bha mì-fhortan san dàn, chaidh am bàta air an do ghabh e fhèin 's a bhean an turas, a chall aig ceann a deas Shasainn, glè fhaisg air tìr, ach chaidh mòran den luchd-triall a bhàthadh. Chaill an duin'-uasal seo sealladh air a mhnaoi, is cha robh leis gun teagamh ach gun deach i, mar a chaidh mòran eile, don ghrunnd. A bhàrr air a' challdachd ghoirt seo, chaill e mar an ceudna a chuid stòrais – mòran òir. Rinn a shnàmh còmhnaidh airsan. Thug e greis mhòr a' sabaid ris na tonnaibh, ach bha a ghàirdeanan treun agus, bho bhuille gu buille, thug e a-mach an cladach iargalta an staid glè chlaoidhte sgìth. Cha robh comas aige air sin a dhèanamh airson a choileabaich chaoimh, ged a b' iomadh oidhirp threun a rinn e a' sealltainn air a son am measg na conalaich a bh' air an t-sruth. Ach coltas duine cha robh ra fhaicinn no ra chluinntinn am measg gaorr nan tonn druimneach, gàireach a bha a' casadh an sgor-fhiaclan geala ris, agus a' bagairt a shlugadh suas. Bu throm a cheum a' tilleadh da dhùthaich an dèidh a bhith iomadh bliadhna air falbh aiste, agus e am beachd gun robh a Mhòrag chaomh air leabaidh fhuair ghainmhich, is an fheamainn shròlach, air a liosradh leis na tonnaibh glasa, sgaoilte thairis air a corp àlainn mar thrusgan bàis.

Cha robh e fada aig an taigh nuair thuig e gun robh am baile am fiachan troma. Fhuair e rubha an dèidh rubha a chur seachad, ach mu dheireadh, thàinig cùisean gu aona-cheann, agus 's ann air sgàth an ùine fhaotainn air a sìneadh a chaidh Calum air an turas chabhagach seo gu Inbhir Aora.

B' e meadhan a' gheamhraidh a bh' ann, agus geamhradh eile cho doineannach cha robh cuimhne aig an neach bu shine san Ros uile. Bha an dùthaich air a còmhdach le sneachd bho mhullach beinne gu srath, 's gach lòn is lochan fo bhratach tiugh de dheigh. Bha àrd-fheasgar ann nuair a dh'fhàg Calum am baile, is cha deach e ro fhada air an rathad nuair a sgaoil an oidhche sgiathan dubha air an tìr. Bha an teine-doirinn a bha san speur mun do laigh a' ghrian sa chuan ag innseadh nach robh onfhadh fad air falbh, 's mun do chuir an teachdaire Loch Sgrìodain às a dhèidh, bha sgeul ra h-innseadh aige. Thaom na neòil a-nuas frasan de mhìn-shneachd air a sgiùrsadh le sgalasan sgaiteach de ghaoith tuath. Bha na h-oiteagan dubha ag iomairt air aodann an loch mar gum biodh laoigh òga a bhriseadh an teadhraichean air latha teth samhraidh, 's a' togail bàrr nan tonn air an uchd 's gan sgapadh mar fhrasan saillte air na slèibhtean. Ach moille cha robh air ceum Chalum, 's bu mhotha a bha an stoirm a' dèanamh de chòmhnadh dha na de chaochladh, oir bha i dìreach na chùl.

Bha an Gleann Mòr roimhe 's a chraos dorcha fosgailte, 's a-staigh a ghabh an triallair aonaranach air a dheagh shuaineadh na bhreacan uallach. Rinn na sìontan seòrsa fois. Bhris na neòil 's bha na rionnagan mìogach a' priobadh 's a' caogadh tro uinneagan boillsgeach a bha an siud 's an seo air speur na h-oidhche gheamhraidh seo. Bha comas aig Calum a-nis a cheann a thogail agus amharc air na beanntan mòra stumagach a bh' air gach taobh dheth, 's iad còmhdaichte bho bhàrr gu ìochdar le sròlaibh geala den t-sneachd stuthaigte leis an reothadh chruaidh. Bha Cruachan a' trotan ceum air thoiseach, 's a' biorachadh a chluais nuair chluinneadh e tartaraich nam fiadh a bh' air fàs callda leis a' ghainne 's air tèarnadh gus na sraithean a shireadh am mìr.

Ach stad! Ciod e bha an siud? Chuala Calum gearan. Sheas e 's dh'èist e. "Och, och!" thàinig a-rithis bho thaobh a' chnuic. Thug Cruachan grunnsgal 's thog e colg. Thàinig an fhuaim bhiorach a-rithis 's a-rithis. "An i a' chailleach-oidhche th' ann?" arsa Calum ris fhèin, "neo 'n e neach na èiginn e?" Dh'èist is dh'èist e, ach bha an ochanaich bhrònach a' leantainn.

"Cha bhi do bhàs air mo làmhan, mas urrainn dhomh còmhnadh a dhèanamh riut, cò sam bith thu," arsa Calum ris fhèin, 's a-null gu taobh na beinne ghabh e.

"Cò seo eile oirre?" arsa Calum le guth làidir garbh, nuair chunnaic e coltas boireannaich na crùban taobh creige san t-sneachd.

"Coigreach," fhreagair an t-aon a bh' ann. "Dh'fheuch mi ri taigh a' chìobair a thoirt a-mach, ach thug mi thairis an seo. Ò, an dèan thu cobhair orm, ce b' e cò thu?"

"Dhèanainn cobhair air mo dhearg nàmhaid, 's e na èiginn," arsa Calum, is gun an còrr a ràdh, thog e a' bhean eadar a dhà làimh mar gum biodh aige naoidheag, agus ghiùlan e i air ais gus a' Chreig, far an d' fhàg e i gu sàbhailte ga h-eiridinn aig bean a' chìobair.

Gun an còrr dhriodfhortan ràinig Calum Rubh' an Fhiarain am briseadh an latha. Thug e gnog air an doras, is cò dh'fhosgail e ach fear an taighe fhèin, Eachann na Pacaid, –

"Cò th' agam an seo?" ars Eachann.

"Tha iad ann," arsa Calum.

"Tha fios agam gun dèanadh Calum Mòr Chùl a' Bhaile rud nach dèanadh mòran, ach 's gann a chreideas mi gu bheil aona mhac-màthar am Muile a thigeadh beò slàn tron Ghleann Mhòr leithid na h-oidhche 'n-raoir. An tu fhèin no do thannasg a th' ann, a Chaluim?"

"Th' ann dìreach mi fhèin," arsa Calum, 's e a' coiseachd a-staigh gun an còrr a ràdh gus an do sheas e air meadhan an ùrlair, 's e breac geal le liath-shneachd.

"Eudail is fheara!" ars Eachann, 's e a' bualadh a dhà bhois air a chèile 's a' gàireachdaich, "'s ann a shaoileas mi gur h-e tom fraoich a th' annad, neo creag chrotalach, leis mar a tha d' fheusag is d' fhalt 's do bhreacan-guaille air an co-dhualadh le paidireanan sneachd, mar gum biodh ceirsleach na seana-chuibhle. Cuir dhìot, a laochain, 's dèan thu fhèin aig an taigh."

Rinn Calum mar sin 's cha bu lugha e na fheum. Cha robh Seònaid, bean an taighe, fada a' cur bainne teth, aran is ìm is càise gu leòir air a bheulaibh, 's an dèidh na deoch, thòisich sgeul, gus an deach Calum a dhèanamh lucan cadail.

"Feumaidh gum bheil do thuras gu math chabhagach, a Chaluim, mun tug thu aghaidh air a' Gleann Mhòr leis an t-sìd' seo," ars Eachann. "Càit an ruig thu mura mìomhail ri fharraid e?"

"Chan eadh idir," arsa Calum. "Bithidh mi oidhche eile 'mach fhathast mun cluinn mi fuaim na h-Aora dòrtadh an craos Loch Fìne."

"An-dà, gu dearbh, cha bu mhath leam a cheart astar a bhith fom shròin anns an t-samhradh gheal, gun ghuth air a' gheamhradh dhubh, agus gu seachd sònraichte le leithid seo de shìd'," ars Eachann.

"Chan eil atharrach agam air," arsa Calum, 's e sèarsalachadh a bhata ghairbh chnuacaich dharaich. "Cha robh Fionn riamh na bu tèarainte le Bran aig a shàil agus Mac an Luinn air a leis, na tha mise le Cruachan, agus leis an lorg dharaich ud a chinn gu mall am measg creagan cruaidhe Choir' Àird."

"Ach saoil nan do thachair ort a' bhean-shìth a thachair air Eòghann a' Chinn Bhig anns a' Ghleann Mhòr mun do chaill e 'n ceann – cho beag 's gun robh e – aig blàr Cheann a' Chnocain, cha dèanadh tu fhèin no Cruachan sgàth oirre – ha, ha, ha," ars Eachann.

"An-dà, gu dearbh, bhon a chuir thu 'm chuimhne e, thachair bean orm, cuideachd, anns a' cheart àite, agus gun fhacal brèige, nuair a chuala mi a guth fann brònach taobh an rathaid, thàinig sgeulachd Eòghainn a' Chinn Bhig a'm chuimhne."

"Ciod e, eudail, tha thu 'g ràdh?" thubhairt Eachann 's a bhean còmhla.

"Ma bha i 'mach a-raoir, chan eil an creutair beò an-diugh," arsa Seònaid.

"Sin agad a' cheart tè don tug mise 'n t-aiseag an latha roimhe," ars Eachann, "boireannach òg bàn bòidheach."

"'S e sin a th' innte," arsa Calum, "ged nach d' fhuair mi mòran ùine shealltainn oirre. Dh'fhàg mise gu socrach i air teintean cìobair na Creige."

"An-dà, tha mo bheannachd ort," arsa Seònaid, 's na deòir na sùilean.

"A-nis, a Chaluim," ars Eachann, "chan fhaigh thu 'n t-aiseag gu feasgar, agus thèid thu dhèanamh lucan cadail, agus cuiridh mis' an geall gum bi grèim aig Seònaid dhut nuair a dhùisgeas tu, a chuireas spraic ann ad speirean nach cur sùgh no feòil an trì-bhliadhnach muilt as fheàrr san Ros."

Thug Seònaid sùil gheur air Eachann, 's thug Eachann sùil aighearach air Seònaid, 's thug Calum sùil le iongnadh oirre le chèile.

"Chan eil an seo ach caraid," ars Eachann.

"Cha chall na gheibh caraid," arsa Seònaid, "'s buinidh e dhuinn a bhith tostach le chèile," 's i toirt sùl air Calum.

Shaoil Calum gun robh Eachann a' dèanamh uisge-bheatha an uaigneas, 's cha robh e ach a' feitheamh le iongnadh feuch ciod e thigeadh a-rithis. Chaidh Eachann is Seònaid gu ceann an t-aon de leac an teintein, agus nuair thog iad i bhàrr an tuill a bha i a' falach, thug Seònaid a-nìos slinnean-toisich fèidh.

"Breac à linne, fiadh à fireach, slat à coille, trì rudan nach leig mac-màthar a leas nàire ghabhail às," arsa Calum, nuair a chunnaic e ciod e a bha fon lic.

"Cha b' ann gun èaladh feadh nan stùc a fhuair mi cho dlùth don fhear seo gus an tug mi cead don ruagaire dol da shireadh, 's nuair ràinig mo ghille-gnothaich, chaill fear na cròice comas nan cas, a thug iomadh uair à càs e. Fair orra, Chaluim."

Shìn Calum e fhèin an leabaidh na clòsaid agus chaidil e gu socrach gu feasgar. Bha a' ghaoth air crìonadh 's an fhairge air fàs sìnteach an dèidh an sgiùrsaidh a fhuair i, agus an uair a shluig na fir grèim bìdh an cabhaig, chaidh iad air bòrd na pacaid, 's cha b' fhada gus an robh a h-ullaidean a dìosganaich an àm cur rithe a cuid seòl. Thug i a h-aghaidh air Caol Muile, 's le sìnteagan gailbheach, bha i, mar bu dual, air an latha gheamhraidh a' dèanamh falach-fead air na tonnan dosanach, 's iad a' crathadh an gathan-muinge geala sa ghaoith an àm a bhith a' tighinn nan leum len craosan farsaing a shlugadh na h-iùbhraiche. Ach ràinig i an t-Òban sàbhailte, agus mun gann a shìn a cliathach ri Carraig a' Ghràin, bha Calum air tìr agus aghaidh ri monadh aon uair eile.

Bha e dorcha mun do thog e a-mach às an Òban, ach shìn e às. Rinn e ath-ghoirid thar Loch Obha air an deigh, agus ann an ùine nach dèanadh mòran e, bha e an glasadh an latha an sealladh nan cnoc a bha ag altram Loch Fìne.

Ràinig e Inbhir Aora gu sàbhailte, ach gu sgìth. Fhuair e a-mach taigh-sgrìobhaidh an duin'-uasail ris an robh a ghnothach, agus liubhair e an litir. An dèidh a leughadh, thug an duine do Chalum pàipear buidhe.

"A-nis," arsa Calum, "an e seo am pàipear ceart? Mura h-e, agus gum bi mo shaothair an-asgaidh dhòmhsa an dèidh na h-oidhirp a rinn mi air sgàth mo dheagh mhaighstir, cuimhnich gu bheil do bheatha-sa an geall nas fhiach i."

Bha coltas Chalum cho borb, 's a bhriathran cho daingeann 's gun do smaointich an duin'- uasal gum biodh e cho math ri fhocal. Thug e am pàipear air ais bho Chalum agus thug e dha na àite pàipear gorm. Cha dèanadh cealgaireachd feum ged is i dh'fheuch e ra cluich.

Gun mhòran ùine a chur seachad, bha Calum air an t-slighe air ais. Ràinig e Muile gun bheud, ach a' dol seachad Àird Tunna, is ochd mìle de rathad roimhe fhathast, bha e an ìmpis toirt thairis le fuachd, 's le acras, 's le cion a chadail. Smaointich e gun cuireadh e seachad an oidhche an taigh caraid. Ach bhiodh an ùine a bh' air a cur roimhe suas aig dà uair dheug an latha a-màireach, is nam biodh e air deireadh an dèidh na h-oidhirp mhaith a thug e, agus e mar bha am beul an leum gu crìoch urramach a chur air a thuras, cha bu ghiamh leis e air na chunnaic no a chuala e a-riamh. Bha an sneachd a' tuiteam a-nuas na chuitheachan geala air an talamh reòthte.

Sheas e 's thachais e a chiabhagan, is chnuas e 's cho-dhùin e nach robh e na chomas dol air aghaidh. Rinn e air an taigh a bu dlùithe dha. Chaidh e a-staigh is dh'innis e a shuidheachadh do na lasgairean a bha gan garadh fhèin mun cuairt air an teine mhòir mhòna bh' air teis-meadhain an ùrlair dhuibh. Ghabh dà ghille sgairteil os làimh togail a-mach air ball agus am pàipear a liubhairt do fhear Chnuic Mhaolagain gun dàil no moille.

Chaidh Calum a laighe an dèidh grèim suipearach, ach cha robh e ach air blàthas a ghabhail anns na plaideachan nuair a thill na ceatharnaich an dèidh toirt suas.

"Ud, ud, piseach oirbh," arsa Calum, "nach bochd nach do leig sibh dhomh blàithteachadh ceart san leabaidh, co-dhiù."

Dh'èirich e, chuir e uime, 's a-mach a thug e. Chuir e roimhe an rud a rinn e gu math gun dèanadh e e gu ro-mhath, agus 's ann mar sin a thachair. Sgìth claoidhte airtnealach thug e a-mach ceann a shlighe am marbh na h-oidhche bhuirb, agus b' e seo a' chuid den rathad a b' fhaide a dh'fhairich e eadar a h-uile ceum a thug e.

Bha an ùine gu bhith air ruith gu ceann, agus bu luaineach cadal Fear Chnuic Mhaolagain air an oidhche seo. Cha robh e ach a-mach 's a-staigh às an leabaidh fad na h-oidhche seo, 's a' cumail cluas ri claisteachd feuch an cluinneadh e gnog Chalum air an doras, neo deileann Chruachain a' tighinn gu baile, ach sìon cha robh ra chluinntinn ach gnogail na cloich-mheallain ris an uinneig, bùirich na stoirm ris an t-simileir, agus nuallanach nan tonn air an tràigh. Sheall e a-mach air an doras agus, nuair chunnaic e coltas doirbh na h-oidhche, chrath e a cheann is dh'fhàisg e a làmhan.

"Cha do sheas air leathrach mairt am Muile riamh a chothaicheadh a leithid de shìd', is thusa, Chaluim, cha till an àm, ged is treun thu. Chan eil fiughair agam ris a' chòrr, ach bithidh mi 'n dòchas gu bheil thu 'n tìr nam beò, 's gun till thu dachaigh ged a b' ann fada fhèin."

Thug e sràid no dhà feadh an taighe, 's e ag osnaich 's ag ochanaich gu trom. Ach ciod e a bha an siud! Sheas e 's bhioraich e a chluasan. Siud e a-rithis – 's a-rithis – 's a chridhe a' plosgail – comhart coin! A-rithis – deileann Chruachain!

Thug e cruinn-leum gun doras 's a-staigh a thàinig Cruachan a' smutail 's ga chrathadh fhèin le sodan. Thug e sùil a-mach anns an duibhreas, 's bha Calum a' plapail a-nìos am bruthach. An sodan a rinn an gille dìleas 's a mhaighstir taingeil ra chèile, cha ghabh e innseadh an cainnt. Fhuair iad cadal fada sàmhach socrach le chèile, 's cha bu lugha na feum an dithis.

Air meadhan an latha a-màireach, agus air mullach na mionaid, ràinig Fear na Fidein gu faicheil le chuid ghillean calma, a ghabhail seilbh air Cnoc Mhaolagain agus air na bh' air uachdar, ach chuir gleustachd Chalum Mhòir an t-seilg orra. Leig fear a' bhaile fhaicinn dhaibh a chòirichean laghail is thill na balgairean dachaigh cho falamh 's a ràinig iad. Cha robh fiù a' ghaid fhèin rompa, gun tighinn air an iasg.

Cha do thuig Calum gus an seo ciod e bhrìgh chudromach a bh' aig a' phàipear ghorm a thug e à Inbhir Aora, agus ars esan ra mhaighstir an dèidh do chàch falbh – "An dèanadh a-nis am pàipear buidhe a fhuair mi 'n toiseach feum air bith dhuibh?"

"Cha robh feum air bith dhòmhsa san fhear bhuidhe, chan e aon nàmhaid a th' agams' idir, tha mi tuigsinn," arsa fear a' bhaile.

Ach thug Calum Mòr an gath às na nàimhdean an uair ud, agus iomadh bliadhna an dèidh a' bhàis bha an tùrn sgairteil a rinn e air a h-aithris mun cuairt teine na cèilidh mar h-aon de euchdan comharraichte na dùthcha fhad 's a bheirteadh cunntas orra.

Ach bha rud neònach eile co-cheangailte ris a' cheart turas ud. Latha no dhà an dèidh do Chalum tilleadh, thàinig marcaiche le fios cabhaig à Bun Easain gu Cnoc Mhaolagain, is bean-uasal òg air toirt thairis le tinneas trom, ag iarraidh fear a' bhaile. Ciod e sam bith a bhuail an ceann an duin'-uasail, leum e an glaic a dhìollaid am mionaid. Nuair a ràinig e an taigh san robh an rìbhinn òg na laighe ri uchd bàis, cò bh' ann ach a bhean chaomh fhèin, a bha dùil nach fhaiceadh e ra bheò. Thug a Mhòrag sùil air nuair a chrom e sìos os a cionn, ach cha d' rinn i ach a ceann leadanach bòidheach a chrathadh.

Bha i an glacaibh an fhiabhrais thruim, 's ged bu mhaith a ghleac i ris, fhuair e air a cheann mu dheireadh buaidh oirre. Bha i am bruadar 's am breislich a latha 's a dh'oidhche, is cha chluinnteadh aice ach cainnt bhristeach gun bhonn, gun bhàrr, gun co-cheangal.

"Chunnaic mi fhèin iad – chunnaic lem dhà shùil – ga chur am falach – 's ann – na cealgairean, fon t-seachdamh cloich – fon t-seachdamh cloich dhuibh. Hò! B' i sin an oidhche 's uamhaich – mo bhocsa fhèin – chunnaic mi iad – na cealgairean! An t-seachdamh clach – an uamha."

An tràth 's a-rithis dh'fhosgladh i a sùilean mìogach is shealladh i mun cuairt an taighe, ach a fear fhèin, le chridhe goirt gu sgàineadh, chan aithnicheadh i. Lean i greis sa bhruaillean throm sin, ach mu mharbh na h-oidhche, fhuair i fois. Thionndaidh i a h-aghaidh air a' bhalla, agus le osainn thruim a' bhàis, dhùin i a sùilean bòidheach, is thriall i don t-sìorrachd bhuain.

Chaidh a corp a thoirt do Chnoc Mhaolagain, agus a chur san ùir san robh sinnsireachd a fir, an Cille Mhoire gorm, air mullach an t-slèibh a tha ag amharc thar an Rois uile, agus air a bheil a' ghrian a' dealradh bhon a nochdas i bho chùl na Beinne Mòire gus an laigh i cùl nan tonn san iar.

Nuair a chunnaic Calum Mòr a h-ìomhaigh sa chiste-laighe, thuirt e – "Mo chreach lèir! 'S i th' ann, 's i th' ann. Sin agaibh, fhir a' bhaile, a' cheart nighean a thog mise eadar mo dhà làimh do Thaigh na Creige, 's nach beag a bha dh'fhios a'm gum b' i mo bhana-mhaighstir."

Agus b' i. Fhuair i sàbhailte às a' ghàbhadh. Dh'fheuch i ri dachaigh a fir a thoirt a-mach, ach bha sin os cionn a neirt. Bha an aimsir doineannach, an t-slighe fada agus garbh, 's i air a h-aineol, agus ghèill i ach gann aig an stairsnich.

Iomadh latha an dèidh a bàis, bhiodh Fear Chnuic Mhaolagain a' dol mun bhaile, 's a cheann san talamh, a' smaointinn air an toil-inntinn a thàinig air sgèith mun cuairt air, agus a dh'itealaich air falbh bhuaidhe mun d' fhuair e na bhroilleach i. Bu tric a sheasadh e 's a smaointicheadh e air a' mhonmhar bhriste a bh' aig a mhnaoi mun do thilg i an deò: "An uaimh – mo bhocsa fhèin – an t-seachdamh clach."

"Ciod e bha i ciallachadh?" theireadh e ris fhèin. Smaointicheadh e a-rithis – "an t-seachdamh clach. Cuiridh mi 'n geall gu bheil e agam!" ars esan ris fhèin, 's e a' bualadh meòir na làimhe deiseil an deàrna na làimhe clì, "cuiridh mi 'n geall gu bheil e agam!"

Am beagan làithean bha e fhèin agus Calum air an t-slighe gu Sasann. Ràinig iad an cladach far an do chailleadh an long. Rùraich is rannsaich iad, ach uaimh chan fhaiceadh iad. Bha iad gu toirt suas, ach bhuail rudeigin eile an inntinn Fear Chnuic Mhaolagain. Bha eilean astar a-mach sa chuan, agus smaointich iad nach dèanadh iad na b' fheàrr na am barail a thoirt dheth mun tilleadh iad dachaigh.

Fhuair iad bàta thug an t-aiseag don eilean dhaibh. Cha bu chàs duilich sam bith craos dorcha na h-uamha fhaicinn. Chaidh iad air tìr, is iad cinnteach gun robh crìoch urramach air an turas, ach cha robh sin 's an cuid fhèin aca. Bha ùrlar na h-uamha làn de shonna-chlachan mòra, ach b' i ceist: cò i an t-seachdamh clach seach an fhicheadamh tè. Cha robh fios càit an tòisichteadh air cunntas.

Rùraich iad an siud is rannsaich iad an seo, ach cha robh ann ach obair dhìomhaineach. Bha a' cheart cho mhath dhaibh feuchainn ris na rionnagan a chunntas air oidhche reulagaich is dol a dh'iarraidh cloich shònraichte am measg na bh' air ùrlar na h-uamha mhòir ud. Mu dheireadh, dh'fhalbh iad cho falamh 's a thàinig iad. Air an rathad gun bhàta, cha b' urrainn an duin'-uasal gun a bhith a' smaointinn gum feumadh gun robh ciall air choireigin aig briathran a mhnatha 's gun robh rudeigin ra innseadh aice, nan do choinnich iad na bu luaithe.

"An t-seachdamh clach," theireadh e ris fhèin. "An t-seachd-amh clach dhubh. Cuiridh mi 'n geall gu bheil e agam a-nis, a Chaluim," arsa fear a' bhaile. "An t-seachdamh clach dhubh, siud agad e, Chaluim, agus tilleamaid."

Rinn iad siud. Am beul na h-uamha bha clach mhòr dhubh. Chunnt iad bhuaipe siud gus an do ràinig iad an t-seachdamh clach dhubh anns an dorcha an ceann shuas na h-uamha. Chladhaich iad mun cuairt oirre gus an d' fhuair iad an làmhan foidhpe, is nuair a fhuair, cha b' fhada a bha na diùlnaich a' cur car dhith.

An robh sgleò air an sùilean, neo an ann a' bruadar a bha iad? Sheas iad bodhar balbh a' feitheamh air a chèile, ach 's e an dearbh bhocsa bha an siud, làn den òr mar a chaidh e ann.

"An t-seachdamh clach dhubh – mo bhocsa fhèin – 's ann dhi a b' fhìor," arsa Fear Chnuic Mhaolagain, 's thèid mise 'n urras gun robh sgeul ri innseadh aice nan d' fhuair i saoghal." Ràinig na fir Cnoc Mhaolagain gu sàbhailte leis an ulaidh. Cha robh Fear Chnuic Mhaolagain an èiginn a-riamh tuillidh. Fhuair e làithean fada sona. Chunnaic e mòran air falbh roimhe. Nam measg bha Calum Mòr Chùl a' Bhaile, am fear a rinn an euchd bu mhotha a chaidh a dhèanamh am Muile a-riamh, agus air a bheil iomradh gus an latha an-diugh. Bha fear a' bhaile na fhìor charaid do Chalum fhad 's bu bheò e, agus le dhà làimh fhèin leig e a cheann a-sìos anns an uaigh an Cille Mhoire.

An Rèiteachadh Ràthail

Dealbh-chluich

<u>Fuireann na Cluiche</u>

Iain Bàn a' Phuirt, *fear a thrèig a leannan.*

Màiri, *leannan Iain Bhàin.*

An Siorram.

Fear-lagha Màiri.

Fear-lagha Iain.

Clèireach na cùirte.

Eòghann Mòr, *fear den luchd-bhreith.*

An luchd-breith.

Fianaisean.

An t-àite: *Cùirt na Siorramachd.*

An Clèireach – Tha a' chùirt seo air a gairm air Iain Bàn a' Phuirt airson briseadh geallaidh- phòsaidh do Mhàiri nighean Alasdair mhòir an Taigh a' Bhealaich. Tha a' chùis ri bhith air a tagradh air beulaibh an t-siorraim le fear-tagraidh sgiobalt' air gach taobh.

Eòghann Mòr – Ler cead, a shiorraim, tha mi smaointinn gun deach an clèireach beagan am mearachd. Tha e coltach gum bi a' chùis ri breith a thoirt oirre le tuilleadh na sibhse, neo mura bi, ciod e is ciall don ghnothach gun deach mise, agus ceithir fir deug eile cho math rium, a thoirt an seo bho cheithir iomallan na sgìre.

An Siorram – Tha thu glè cheart, Eòghainn, bu chòir don chlèireach a ràdh "an siorram is an luchd-breith." Ach ged nach tubhairt e na facail, cha b' ann a' cur dìmeas air bith air an luchd-bhreith a bha e. Agus tha mi fìor thoilichte fhaicinn, agus tha e na mhisneach mhòr dhomh gu bheil, co-dhiù, aon fhear am measg nan còig fear deug ris am bi fiughair agam ri cuideachadh air a' cheist chudromaich seo.

Eòghann – Gheibh sibh mo chuideachadh-sa, co-dhiù, gun tilleadh, gun mhoille, 's e sin ma tha sinn den aona bheachd air a' chùis.

An Siorram – Chan urrainn sinn beachd sam bith a bhith againn air a' chùis fhathast, Eòghainn, gus an cluinn sinn an toiseach an luchd-tagraidh agus na fianaisean air gach taobh.

Eòghann – Ciod e, shiorraim? Tha fios agamsa air a h-uile car is lùb sa ghnothach mar tha, agus creideadh sibhse gun d' rinn mi suas mo bheachd mun d' fhàg mi 'n taigh, agus, mar a thuirt mi ris a' mhnaoi, 's i 'm beachd sin cosgais throm a thoirt far Iain Bhàin – agus 's math a thoill e sin ormsa o chionn iomadh latha, ach fhuair mi mo latha fhèin an-diugh air, agus nì mi buil dheth. Chan i Màiri bheag laghach a' chiad tè don tug Iain Bàn còir gealladh nach do choilean e, ach, ma dh'fhaodas mise 'n-diugh, 's i an tè mu dheireadh.

An Siorram – Tha 'n ùine dol seachad, ma-tà, Eòghainn, agus feumaidh sinn dol air ar n-aghaidh. Bithidh mi glaodhaich air fear-tagraidh Màiri.

Fear-tagraidh Màiri – Ler cead, a shiorraim, tha agam ri ràdh am beagan fhocal, gu bheil Iain Bàn a' cur an aghaidh a gheallaidh-phòsaidh a thug e do Mhàiri air bonn gun robh i fhèin agus gille sònraichte eile a' suirghe ri linn dhàsan a bhith air falbh an Glaschu. Chan eil focal fìrinn anns an nì seo a tha e cur às leth na h-igheanaig, agus tha toil aice sin a dhearbhadh an seo an-diugh ann ur coinneimh-sa –

Eòghann – Agus mu choinneimh tuillidh, 's e shaoilinn.

Am Fear-lagha – Ùbh! Tha mi ciallachadh sin cuideachd, Eòghainn.

Eòghann – Tha còir agad, ma-tà, corra shùil a thoirt an taobh seo cuideachd an àm a bhith bruidhinn.

An Clèireach – Thigeadh Màiri an làthair.

Am Fear-lagha – (ga ceasnachadh) – Thug thu fhèin is Iain Bàn còig bliadhna a' suirghe, Mhàiri, nach tug?

Màiri – Thug.

Eòghann (mar gum bitheadh ris fhèin) – Agus air iomadh Màiri eile bàrr oirre.

Am Fear-lagha – Tha gealladh-pòsaidh agad air o chionn trì bliadhna.

Màiri – Tha, dìreach. Chuir e fàinne air mo chorraig o chionn trì bliadhna, is gheall e nach bitheadh e trì mìosan agam nuair a gheibhinn fear eile.

Eòghann (ris fhèin) – Ma chuir esan fàinne air do chorraig-sa an sin, tha mi 'n dòchas gun cuir thusa fàinne na shròin-san an-diugh.

Am Fear-lagha – Dh'fhàg e 'n dùthaich greis na dhèidh sin, nach d' fhàg?

Màiri – Dh'fhàg.

An Siorram – A bheil litrichean sam bith agad bhuaithe anns a bheil gealladh-pòsaidh an dubh 's an geal?

Eòghann ('s e ag èirigh na sheasamh) – Tha e an dubh, co-dhiù, creideadh sibhse, shiorraim. Cha tug duine da sheòrsa seachad gealladh geal 'riamh.

Màiri – Tha, ler cead.

Am Fear-lagha – Tha pasg litrichean an seo, agus leughaidh mi pàirt dhiubh a chur tuilleadh soilleireachd air a' chùis, agus bitheadh an luchd-breith a' toirt fa-near do na briathran a th' annta. Tha an seo a' chiad litir a chuir Iain Bàn chuice an dèidh falbh às an dùthaich do Ghlaschu. Seo agaibh i:–

An Rèiteachadh Ràthail

*An 3amh latha de
chiad mhìos an Earraich, 1896.*

A Mhàiri, a luaidh,

B' fhada leam gach latha 's uair on a thàinig mi mach do bhaile mòr na straighlich seo, gus an d' fhuair mi suidhe sìos a sgrìobhadh focail no dhà chugad. Ged nach eil ach an t-seachdain on a thàinig mi mach, saoilidh mi gur mìos an ùine, leis mar tha mi gad ionndrainn. 'S gann gun creid thu e, ach an uair a thèid mi laighe san oidhche, thar leam gum faic mi h-uile h-àite anns am bitheamaid a' gabhail sràide còmhla. A-null an t-allt ruadh, a-suas glac na rainich, 's a-sìos tràigh nan sìolag. Nach iomadh oidhche bhòidheach ghealaich a chaidh sinn gualainn air ghualainn gus an oitir! Nuair a chuimhnicheas mi 'n-diugh air, 's ann a thig na deòir am shùilean. B' e siud a' mhire-chatha 's an fhearas-chuideachd aig an òigridh. Saoilidh mi fhathast gu bheil mi faicinn Chailein Ruaidh a-mach gu mheadhan san fhairge le pìos de sheann chorran a' sgrìobadh na gainmhich, agus le dusan sìolag an grèim na fhiaclan 's iad a' cliobadaich ma shùilean. Agus an uair a sheallas mi air a' ghealaich san oidhche, 's ann a bhitheas mulad orm a' cuimhneachadh gu bheil a' cheart ghealach, air a' cheart àm seo a' tilgeadh a gaithean bòidheach air na ceart bhadain sam bitheamaid gu sunndach subhach còmhla, ach na badain sin a-nochd gu sàmhach uaigneach, 's a' ghaoth ag osnaich gu trom mun cuairt orra, agus mise 's mo Mhàiri iomadh mìle bho chèile. Cha do thuig mi riamh gus an àm seo ciod e bu chiall do bhriathran a' bhàird –

'Chlaon gach nì gu dubhas a' gheamhraidh

On a rinn sinn dealachadh,'

Ach mun ruith mòran ùine, Mhàiri, math dh'fhaoidteadh gum bi sinn còmhla fhathast 'le snaidhm nach trèig.'

Is mi do leannan dìleas,

Iain Bàn

P.S. – Beir mo bheannachd do Dhùghall Bàn a bha riamh cho dìleas air ar cùl le chèile nuair bhitheadh teangan chàich an sàs annainn.

31

Am Fear-lagha – Tha mòran litrichean aig Màiri a' cheart cho blàth is cho milis seo, ach tha iad a lìon beag is beag a' fàs nas fhuaire. Tha tè an seo, ach cha leugh mi ach pàirt dhith. Saoilidh mi nach eil urad de nàdar na bàrdachd innte 's a tha 'n càch, is gu bheil tòiseach aig Iain air fuarachadh a-sìos mar a rinn iomadh fear da sheòrsa. Tha e 'g ràdh mar seo: –

Tha 'm baile mòr a' còrdadh rium gu h-anabarrach math. Tha mi air an drochaid a ghnàth 's an-còmhnaidh, ach gu seachd sònraichte Didaoirn agus oidhche na Sàbaid.

Eòghann – Haoi orra! Nach d' aithnich mi! Dìreach cleas doctairean tinneas an rìgh.

An Siorram – Èist thusa, Eòghainn, is cuiridh sinn le chèile h-uile nì air a' mheidh, nuair a chluinneas sinn a' cheist air a deasbad air an dà thaobh.

Am fear-lagha (a' leantainn air leughadh na litreach) –

Cò thachair orm ach Peigi nighean Iain, agus, air m' fhacal, mura bheil am baile tighinn rithe gu math! Na bitheadh eud ort a-nis, a Mhàiri, ged is i mo sheann leannan i, chan fhaca mi a h-aon fhathast air a bheil aodann mo Mhàiri bhòidhich fhèin, agus 's e tha gam fhàgail iomadh uair cho tùrsach throm an t-aodann sin a bhith cho fada bhuam. Nuair a chì mi Eachann Ruadh agus Iain MacAlasdair gualainn air ghualainn ran leannain, a-null 's a-nall thar na drochaid, 's gann a chumas mi air mo dheòir. Ach, co-dhiù, chaidh mi dhachaigh le Peigi.

Eòghann – Nach d' aithnich mi!

Am fear-lagha (a' leantainn air leughadh na litreach) –

Cha toirinn iomradh idir air seo ach air eagal gun cluinn thu e air dòigh nach fheàrr, mar a tha mise a' cluinntinn iomadh sgeòil, math dh'fhaoidteadh, gun dreach.

Am Fear-lagha – Tha nis litir eile an seo, agus 's i an tè mu dheireadh a sgrìobh e, agus labhraidh i air a son fhèin. Tha e ’g ràdh innte seo mar seo, agus a’ toirt gu aona-cheann nam bagraidhean bha an tè no dhà roimpe: –

B’ fhìor an sean fhear nuair a thubhairt e ‘an rud a bitheas fad on t-sùil, bithidh fad on chridhe,’ agus mas fìor na tha mi a’ cluinntinn o h-aon no dhà anns am faod mi earbs’ a chur, tha e glè choltach gu bheil mise cheart cho fad od chridhe-sa ’s a tha mi od shùil – ’s tha sin fada gu leòir. Ach chan eil mi ’g ràdh, air a shon sin, gu bheil agad ann ach comain. ’S e ’n aon eadar-dhealachadh a th’ ann nach eil mise ga àicheadh. Ach a leigeil a thuigsinn dhut gu bheil mi cluinntinn corra rud beag, ged ’s fhada an glaodh gu Glaschu nach fhaod mi fharraid dhìot: ciod e mar tha thu fhèin ’s an saor Gallda a tha ’g obair aig an taigh-sgoil ùr a’ faotainn air aghaidh còmhla? Cuin a bha sibh còmhla aig tobar na coille mu dheireadh? Agus ciod e mar a chòrd riut a’ chèilidh bheag laghach a bh’ agaibh taobh na h-adaig air an iomaire mhòir? Saoilidh mi gum feum gu bheil beagan air choireigin den fhìrinn sna bheil mi cluinntinn. Ach mura bheil, mas breug bhuam e, ’s breug chugam e.

Eòghann – ’S breug uat i, co-dhiù, ’s cha b’ i a’ chiad tè.

Fear-lagha Iain – A shiorraim, tha mi, ler cead, a’ cur an aghaidh a h-aon air bith den luchd-bhreith a bhith bruidhinn air an dòigh seo.

Eòghann (is càch ga chumail na shuidhe) – ’S ann a chur an aghaidh a h-uile rud a tha ’n aghaidh Iain Bhàin a thàinig thusa an seo, a’ cheart cho math ’s a thàinig mise a thoirt breith air a’ chùis, agus na bitheadh eagal ort nach cùm mi mo dhà shùil, agus mo dhà chluais cuideachd fosgailte, agus mo dheagh theanga air shiubhal.

An Siorram – Bi thusa sàmhach tiotan beag, Eòghainn. Tha mi glè thoilichte gu bheil thu leantainn na cùise cho dlùth.

Eòghann – Tha mi nar comain, a shiorraim, agus tha mi ’n dòchas gun toir sibh a-mach a’ bhinn air taobh Màiri bhig laghaich, is bheir sin leasan do dh’fhear no dhà de sheòrsa Iain Bhàin a tha dèanamh uaill à bhith toirt a’ char à nigheanan bochda neoichiontach. Tha sinn a’ togail nigheanan air fad (’s e a’ gearradh ghoileig).

An Siorram – Cluinneamaid an còrr den litir, ma-tà.

Fear-lagha Màiri – Chan eil beachd agam a-nis càit an do sguir mi.

Eòghann – Sguir thu aig a' bhrèig.

Am Fear-lagha (a' leantainn ri leughadh na litreach) –

gus mun tubhairt an seanfhacal e –

Eòghann – Leugh thu sin cheana.

Am Fear-lagha – Ò, leugh, gu dearbh. Stad. Seo e: –

Agus tha mi smaointinn leis a sin, a Mhàiri, gu bheil e cho math gun an còrr a bhith eadar thu fhèin 's mi fhìn, agus, math dh'fhaoidteadh, gum bi thu cheart cho toilichte leis an t-saor Ghallda fhèin, do leannan ùr, agus mise le Peigi nighean Iain, mo sheann leannan.

Am Fear-lagha – A-nis, chan eil reusan air a' chòrr den litir a leughadh, tha e soilleir gu leòir, leis na chualas, gun robh gealladh-pòsaidh eadar Màiri agus Iain Bàn, agus gun do bhris Iain an gealladh sin –

Eòghann – Seadh. Bhris – cha b' annamh leis!

Am Fear-lagha – Airson reusain nach eil is nach robh fìor, agus a tha Màiri gu buileach ag àicheadh.

Fear-lagha Iain – Ler cead, a shiorraim, chan eil Iain a' cur an aghaidh a' gheallaidh no ga àicheadh am beag no am mòr, ach tha e diùltadh an gealladh a choileanadh, agus sin airson reusain mhaith, nach robh Màiri na leannan dìleas dha, agus cò phòsadh leannan neo-dhìleas? Tha mi a' cur na ceiste ribh fhèin 's ris an luchd-bhreith: ciod e a dhèanadh fear sam bith agaibh fhèin?

An Siorram – Ciod e, cha mhò a bha Iain dìleas do Mhàiri. Tha dearbhadh air a sin le litir fhèin, ach cha deach a dhearbhadh fhathast co-dhiù bha no nach robh Màiri dìleas do dh'Iain.

Am Fear-lagha – Chan eil Iain ag àicheadh sin, rud a tha gu math onarach dha, ach ged tha Màiri air a tearradh leis a cheart pheallan, tha i ag àicheadh rud a bha gu math cothromach am beul na dùthcha gu lèir, agus tha fianaisean an seo a tha mi 'n dùil a chuireas an tarrann gu ceann.

An Siorram – A bheil ceist sam bith agad ra cur air Iain fhèin?

Am Fear-lagha – Dìreach tè no dhà.

An Clèireach – Iain Bàn a' Phuirt. Thigeadh e 'n làthair. (Èiridh Iain na sheasamh.)

Am Fear-lagha – 'S e 'n t-iomradh seo chaidh a-mach air Màiri bu reusan air thu bhriseadh a' gheallaidh a bha eadaraibh.

Iain – 'S e.

Am Fear-lagha – Fhuair thu sgeul gu math dealbhach air a' chùis?

Iain – Fhuair, an dà chuid an sgrìobhadh agus le beul-aithris.

Am Fear-lagha – Agus 's ann an sin a sgrìobh thu dh'ionnsaigh Màiri a' cur a' phòsaidh mu sgaoil?

Iain – 'S ann.

Am Fear-lagha – Nì sin an gnothach ('s e a' suidhe).

An Siorram (ri fear-lagha Màiri) – A bheil ceist sam bith agadsa ri chur air Iain?

Fear-lagha Màiri ('s e ag èirigh) – Dìreach tè no dhà. (Ri Iain) – Nach do sgrìobh Màiri chugad airson urrainn a thoirt dhith air an uirsgeul a chuala tu uimpe?

Iain – Sgrìobh. Ach cha do fhreagair mi a litir, a chionn chreid mi 'n neach a dh'innis an rud dhomh a bhàrr air gun robh an naidheachd iomraiteach feadh na dùthcha.

Am Fear-lagha (a' suidhe) – Chan eil dad tuilleadh agam ri ràdh. (Suidhidh Iain.)

An Siorram – Cluinneamaid a-nis na fianaisean.

An Clèireach – Eachann Bodhar. Thigeadh e ’n làthair.

Fear-lagha Iain (a’ ceasnachadh Eachainn) – Am fac’ thusa, Eachainn, Màiri an seo agus an saor Gallda nan suidhe còmhla aig tobar na coille uair sam bith?

Eachann (a’ cur làimhe ra chluais) – Dè b’ àill leibh?

Am Fear-lagha (le guth nas àirde) – Am fac’ thusa an saor Gallda agus –

Eachann – Ò, seadh, seadh! Chunnaic iomadh uair, agus gu dearbh b’ e sin an gille còir. Bha e ’g obair aig an taigh-sgoil’ ùr, tha fhios agaibh.

Am Fear-lagha – Am fac’ thu e fhèin agus Màiri an seo sa choillidh aig an tobar?

Eachann – Tha, a rùin, tha mi bodhar o chionn fichead bliadhna.

Am Fear-lagha – Chan eil mi tuigsinn ciod e chuir cho bodhar an-diugh thu, Eachainn.

Eachann – Tha e glè choltach ris an uisge an-diugh, ach ù, dh’fhaoidteadh nach dèan i ach fras.

Am Fear-lagha (ris an t-siorram) – Chan eil mi smaointinn gun dèan sinn dad de dh’Eachann, tha e cho bodhar.

An Siorram agus Eachann còmhla. (An Siorram) – Thoir am brèid (Eachann) – Ù, cha chreid mi gun dèan i dad an-diugh, tha coltas togail oirre (’s e a’ sealltainn gu mullach an taighe).

An Siorram (a’ leantainn) – Thoir am brèid sin far do chluais feuch an cluinn thu nas fheàrr.

Eachann – Chan eil, a ghràidh. ’S ann tha mo chluasan nas miosa on a fhuair mi ’m fuachd mu dheireadh seo. ’S ann! ’S ann!

An Siorram – A bheil thu cho bodhar sin an-còmhnaidh, Eachainn?

Eachann – Dè b' àill leibh?

An Siorram (a' togail a ghuth) – A bheil thu cho bodhar sin an-còmhnaidh?

Eachann (a' glaodhaich a-mach) – An lòinidh. An-dà, bithidh mi glè dhona leatha air uairean, ach tha mi nas fheàrr o chionn lathaichean.

An Siorram – Seas a-nuas làmh rium, Eachainn.

Eachann – Dè b' àill leibh?

An Siorram (a' togail a ghuth) – Seas a-nuas làmh rium.

Eachann – Am ghàirdean? Tha i 'm ghàirdean, cuideachd.

An Siorram – Chan eil mi tuigsinn dè 's ciall dha seo, Eachainn.

Eachann – Mo shliasaid? Ù, chan eil mo shliasaid idir dona. Ach bithidh caol mo chasan gu math goirt corra uair.

Fear-lagha Iain – Chan eil mi smaointinn, a shiorraim, gu bheil Eachann ach a' leigeadh air. Tha e glè iongantach e bhith cho bodhar seo an-diugh, agus e san t-searmoin gu math tric.

An Siorram – Cuin a bha thu san t-searmoin mu dheireadh, Eachainn?

Eòghann ('s e a' freagairt) – An-dà, ler cead, a shiorraim, tha sinn an dòchas nach robh Eachann bochd san t-searmoin mu dheireadh fhathast, ged a tha e cho fada leis 's a tha e.

An Siorram – Ciod e, ma-tà, cho fad 's on a bha thu san t-searmoin, 's e tha mi ciallachadh.

Eachann – Searbhanta! An-dà, bha mi cleachdadh a bhith glèidheadh searbhanta daonnan, ach chan eil a h-aon agam an-dràst'. Chan eil tè a thogas a ceann an-diugh nach toir a' Ghalldachd oirre, gus a bheil na caileagan aig an taigh air fàs cho gann ris a' bhuntàta liath, 's chan eil agam ach a bhith dèanamh as an eugmhais.

An Siorram – 'Searmoin' tha mi ag ràdh. Searmoin! Chan e searbhant' idir. 'S e tha mi a' ciallachadh searmoin, Eachainn. (Leanaidh an siorram air na facail seo fhad 's a tha Eachann a' bruidhinn.)

Eachann – 'S e gnothach searbh a th' ann gun teagamh, ach chan eil atharrach air.

An Siorram – Chan eil feum a bhith dol air aghaidh nas fhaide le ceasnachadh Eachainn. Tha e cheart cho bodhar ris na gobhair san fhoghair. Faodaidh tu suidhe, Eachainn. (Suidhidh Eachann, agus air ball deir Fear-lagha Iain –)

Fear-lagha Iain – 'S maith a chual' Eachann nuair a chaidh iarraidh air suidhe, 's tha mi smaointinn gun cual' e h-uile facal eile cho maith sin. Tha mi 'g iarraidh a thoirt an làthair a-rithis, agus toirt air a dh'aindeoin a thratan, na ceistean a fhreagairt. Bha e ro-thoileach suidhe, 's chan eil fhios a'm ciod e mar a chluinneas e 'n dara rud seach an rud eile.

An Siorram– Thig an seo fhathast, Eachainn, (Èiridh Eachann sa mhionaid agus seasaidh e air beulaibh an t-siorraim mar bha e roimhe.)

Eòghann – Dh'èirich Eachann a-rithis cho deas is a shuidh e roimhe, 's ged a rinn e sin fhèin, cha n eil e na dhearbhadh nach eil e bodhar. Thuig e mar a smèid an siorram le a làimh, agus nach tuigeadh Fireach, an cù odhar agam, sin ged a tha e cho bodhar ri creig on Èisdeal, agus cam barrachd air a sin. (Suidhidh Eòghann.)

An Siorram – Tha sin glè choltach, Eòghainn. (Èiridh Fear-lagha Iain agus their e an guth àrd –)

Fear-lagha Iain – Am fac' thu Màiri 's an saor Gallda aig Tobar na coille?

Eachann – Dè b' àill leibh?

Fear-lagha Iain (le guth àrd) – Am fac' thu Màiri 's an saor Gallda aig –

Eachann – A' bhò Ghallda. Chunnaic iomadh uair.

An Siorram – Cha dèan seo feum air bith. Faodaidh tu falbh, Eachainn. Cò 'n ath-fhianais?

An Clèireach – Dùghall Bàn nam Blàr. Thigeadh e 'n làthair.

Fear-lagha Iain – Chuala tusa, nach cuala, gun robh Màiri an seo agus an saor Gallda a' suirghe?

Dùghall – Chuala.

Fear-lagha Iain – Dìreach sin, agus chunnaic thu fhèin iad an cuideachd a chèile, mar gum biodh a' leannanachd?

Fear-lagha Màiri – Tha mi cur an aghaidh na ceiste, ler cead, a shiorraim.

Fear-lagha Iain – Chan e ceist a th' ann.

Fear-lagha Màiri – Tha fuaim ceiste aig na facail.

Fear-lagha Iain – Cuir an aghaidh na fuaime, ma-tà.

An Siorram – Tha mi smaointinn gum bheil e ceart gu leòir Dùghall a cheasnachadh mar tha e dèanamh.

Fear-lagha Iain – Cuiridh mi mar seo e, ma-tà. Am fac' thu Màiri agus an saor Gallda uair air bith cuideachd?

Dùghall – Chunnaic iomadh uair.

Fear-lagha Iain – Am fac' thu uair shònraichte sam bith iad aig Tobar na Coille?

Dùghall– Chunnaic mi aon uair iad, co-dhiù, bho Thobar na Coille.

Fear-lagha Iain – Tha 'n sin a-nis, a shiorraim, an nì bha mhiann orm fhaotainn a-mach. (Suidhidh e.)

An Siorram (ri fear-lagha Màiri) – A bheil ceist sam bith agadsa ra cur air?

Fear-lagha Màiri – Tha dìreach tè no dhà agam ri chur air mun suidh e. Tha thu ag ràdh, Dhùghaill, gum fac' thu Màiri agus an saor Gallda aig Tobar na Coille còmhla latha sònraichte?

Dùghall – Chan eil. Cha tubhairt mi dad da leithid.

An Siorram – Tha mi smaointinn gu bheil thu dol beagan am mearachd, a Dhùghaill!

Dùghall – An-dà, 's mi nach eil. Tha mi seasamh air na thubhairt mi.

An Siorram – Nach tubhairt thu, ma-tà, gum fac' thu iad aig Tobar na Coille?

Dùghall – Cha tubhairt, ach thubhairt mi gum fac' mi iad bho Thobar na Coille.

Eòghann – M' eudail thu, Dhùghaill! Shaoil Iain gun robh "lach air chois" aige, 's gu dearbh, shaoil mi fhèin e cuideachd, ach tha sinn le chèile meallta nar barail, agus is taitneach sin leamsa, ged nach ro thaitneach lem charaid e.

An Siorram – Chan eil e ciallachadh dad, co-dhiù 's ann aig an tobar neo bhon tobar a chunnaic thu iad ma chunnaic thu iad 's e sin uil' e. An innis thu, a-nis, dhuinn co-dhiù b' ann nan suidhe no nan seasamh a bha iad?

Dùghall – Bha iad nan suidhe.

An Siorram – Sin e nis. Tha sinn a' tighinn air a chèile a-nis. An innis thu nis: Am faca tu 'n saor Gallda 's a làmh mu mheadhan Màiri? Smaointich tacan 's gabh an gnothach air a shocair.

Dùghall (air a shocair) – Tha – mi – a' – smaointinn – nach – fhaca.

Fear-lagha Iain – Ach chunnaic thu nan suidhe làimh ri chèile iad?

Dùghall – Chan fhaca, 's cha tubhairt mi gum faca, ach thubhairt mi gum faca mi nan suidhe iad.

Am Fear-lagha – Seadh, ma-tà. Chunnaic thu nan suidhe iad. An robh iad a bruidhinn?

Dùghall – Bha.

Am Fear-lagha – Seadh, ma-tà. Glè mhath. An innis thu nis dhuinn: ciod e cho faisg 's a bha iad da chèile?

Dùghall – 'S e: "ciod e cho *fad* 's a bha iad *bho* chèile" b' fheàrr a fhreagradh.

Am Fear-lagha – Gabhaidh sinn mar sin fhèin e, ma-tà. Chan eil ann ach bò mhaol odhar agus bò odhar mhaol.

Eòghann (os ìosal) – Chì thu an e.

Dùghall – Ma-tà, ler cead, bha Màiri na suidhe taobh an taighe a' figheadh stocaidh, agus bha 'n saor Gallda na shuidhe tarsainn air maide-droma an taigh-sgoil, 's tha 'n dà thaigh mar a tha fhios agaibh mu thuaiream dà cheud slat o chèile.

Am Fear-lagha (ris an t-siorram) – Cha chuala mi riamh a leithid seo de dh'amaladh seanchais. (A' tionndadh ri Dùghall) – Nach tubhairt thu cheana gum fac' thu nan suidhe aig an tobar iad? Ciod e chuir thu bhi sluigeadh do sheanchais air an dòigh sin?

Dùghall – Cha do shluig 's cha do chagainn mi aon fhacal de na thubhairt mi. Thubhairt mi gun teagamh gum fac' mi bhon tobar iad agus chunnaic *bhon* tobar – cuimhnich, chan ann *fon* tobar. (Suidhidh am fear-lagha fo fheirg.)

An Siorram – Tha mi a' tuigsinn na cùise beagan nas fheàrr a-nis, ach tha aon rud ann air am bu mhath leam solas fhaotainn, agus is e sin seo: Ciod e mar a chual thu a' bruidhinn iad agus iad cho fad bho chèile?

Dùghall – Chuala mi bruidhinn iad gun teagamh, agus gu maith àrd cuideachd. Ach dè, cha b' ann ra chèile. Agus bhon tha mhiann oirbh a’ chùis a leudachadh dhuibh, seo agaibh mar a bha. Thachair dhòmhsa bhith aon là sònraichte sa mhuileann-dubh ag iarraidh fraoch sìomain, agus air an rathad dhachaigh, leig mi m’ anail air a’ chloich mhòir fo Thobar na Coille. Thug mi sùil chugam is bhuam, ’s mi gabhail toit den phìob, agus chunnaic mi an saor Gallda na shuidhe air maide-droma an taigh-sgoil agus Màiri air cloich taobh an taighe a’ figheadh stocaidh.

Fear-lagha Iain – Cò ’n taigh?

Dùghall – Taigh a h-athar, gun teagamh.

Eòghann – Saoil an e an taigh-sgoil?

Dùghall (a’ leantainn) – Agus a thaobh an cluinntinn a’ bruidhinn, chuala mi sin cuideachd, a chionn, chuala mi ’n saor Gallda a’ glaodhaich ris an fhear bheag chrotach a bhiodh a’ giùlan na làr-aoil, an t-òrd ladhrach a thoirt chuige, agus chuala mi mar an ceudna Màiri a’ stuigeadh a’ choin ghlais, Brocair, sa mhart ga cumail bhon arbhar.

Eòghann (le gàirdeachas) – Nach d’ aithnich mi gun tigeadh Dùghall gu glan às. (Ri Dùghall) – Chuir thu, laochain, am fear-lagha mud chorragan mar a rinn thu air an dròbhair mhòr a cheannaich an t-agh odhar uat. Agus tha mo chead agad!

Fear-lagha Iain – Ach, a-nis, an cual’ tu iomradh am measg nan coimhearsnach, Màiri an seo agus an saor Gallda bhith suirghe?

Dùghall – Chuala mi ghaoth, ach chan fhaca mi i, agus ’s ann mar sin tha mi a’ creidsinn a tha suirghe Màiri bhochd.

Am Fear-lagha – Tha sin, ma-tà, a’ ciallachadh gu bheil thu creidsinn gun robh ged nach fhac’ thusa iad nas mò na chunnaic thu a’ ghaoth?

Fear-lagha Màiri – Chan eil a’ cheist cothromach, a shiorraim, agus tha mi a’ cur na h-aghaidh.

An Siorram – Tha mi am beachd nach eil a’ cheist cothromach, gun teagamh, a chionn nach eil co-cheangal aig an dà nì ri chèile idir. Chan urrainn neach a' ghaoth a chluinntinn nuair nach eil i ann, 's nuair tha i ann cluinnidh e i, ach chan fhaic e i. A-nis, dh'fhaodadh neach a chluinntinn gun robh càraid òg a' suirghe 's gun fhacal fìrinn a bhith ann, agus air an làimh eile, dh'fhaodadh iad bhith suirghe 's gun fhios a bhith aig neach fon ghrèin air. Chan eil an coimeas coltach, 's cha leig mi a' cheist a chur air.

Eòghann – Chan eil gnothach aig a' ghaoith idir ris.

An Siorram (a' leantainn) – A bheil ceist tuilleadh ra cur air Dùghall?

An Luchd-lagha (le chèile) – Chan eil.

An Siorram – An ath-fhianais, ma-tà.

An Clèireach – Iain Tàillear an t-Srath, thigeadh e an làthair. (Thig Iain an làthair.)

Fear-lagha Iain – Tha thu eòlach air Màiri an seo?

Iain Tàillear – 'S iomadh latha bhuaidhe sin. Bhon rugadh i.

Fear-lagha Iain – Am fac' thu i fhèin agus an saor Gallda an cuideachd a chèile uair air bith?

Iain Tàillear – Tha mi 'm beachd gum faca.

Am Fear-lagha – Càite? Smaointich a-nis.

Iain Tàillear (a' sealltainn am mullach an taighe) – An-dà, mura bheil mi meallta a'm bharail, saoilidh mi gur h-iad a chunnaic mi nan suidhe gu maith companta ri taobh adaig san iomaire mhòir an croit a h-athar.

Am Fear-lagha – Tha thu cinnteach gu leòir gur iad a bh' ann?

Iain Tàillear – Tha mi cinnteach gur e Màiri a bh' ann, co-dhiù, a chionn bha i 'buain air an iomaire mhòir a' cheart latha ud.

Am Fear-lagha – An robh a h-aon sam bith leat aig an àm?

Iain Tàillear – Bha, Seumas Bàn agus Niall a' Choire.

Am Fear-lagha – Chunnaic iadsan cuideachd iad?

Iain Tàillear – Chunnaic, 's cha do ghabh sinn iongnadh air bith.

Am Fear-lagha – Cha do ghabh sibh iongnadh air bith. Ciod e tha thu 'ciallachadh leis a sin?

Iain Tàillear – Tha, nach robh iongnadh sam bith oirnn gille òg agus nighean òg ghasta fhaicinn nan suidhe còmhla.

Am Fear-lagha – A bheil thu a' ciallachadh gun cuala tu gun robh Màiri agus an saor a' suirghe, agus leis a sin nach do chuir e iongnadh sam bith ort am faicinn còmhla?

Iain Tàillear – Chan eil teagamh nach fhaodadh rudeigin mar sin a bhith ann.

(Bheir Seumas Bàn agus Niall a' Choire a' cheart fhianais. Suidhidh am fear-lagha.)

An Siorram – Gun teagamh sam bith 's i a' cheist a th' ann an seo: An tug Iain Bàn gealladh-pòsaidh do Mhàiri. Tha e glè choltach a rèir a litrichean fhèin a chuala sinn air an leughadh, gun tug. Ach air an làimh eile: An do bhris e an gealladh sin? Tha e glè choltach gun do bhris, neo cha tigeadh a' chùis cho fada seo –

Fear-lagha Iain – Chan ann a chur grabadh oirbh, a shiorraim, ach tha dhìth orm, air sgàth Iain, beagan soillearachd a chur air a' chùis. Chan eil Iain ag àicheadh nach do gheall e Màiri a phòs-adh, agus cha mhò tha e ag àicheadh nach do bhris e 'n gealladh sin. Ach ma bha reusan math aige air a bhriseadh, chan eil e ceart gum fuilingeadh e ana-cothrom sam bith airson a bheachd atharrachadh, agus is e is reusan na fianaisean seo a bhith air an tarraing a dhearbhadh gun robh reusan math aig Iain am pòsadh a chur ma sgaoil, rud a bha e glè dhuilich leis a dhèanamh –

Eòghann – Chan eil fhios a'm.

An Siorram – Tha sin uile ceart, agus 's e sin an dòigh a dh'fheumar sealltainn air a' chùis. Mur an robh Màiri cho dìleas dha is a bu chòir dhi bhith, rud a tha e glè choltach nach robh, a rèir fianais Iain Thàilleir is an dithis eile, tha e nàdarra gu leòir nach smaointicheadh e air a' ghnothach a leigeil air aghaidh na b' fhaide, agus cò gheibheadh coire anns a' cheart suidheachadh? Ach air an làimh eile, feumar an aire shònraichte a thoirt dha seo. Ma bha gealladh aig Iain air Màiri, bha gealladh aig Màiri air Iain. Agus bha e 'n geall airsan a bhith cho dìleas dhìse 's a bha e dhithse bhith dìleas dhàsan. A-nis 's e cheist: An robh e sin. A rèir a litrichean fhèin a chuala sinn air fad air an leughadh, cha robh, oir tha e 'g ràdh gun d' rinn e suas ri sheann leannan, Peigi nighean Iain. A-nis, dh'innis Iain seo gu saor do Mhàiri an litir mar a chuala sinn, agus tha mi am beachd gu bheil a thaobh-san den chùis nas gloine na taobh Màiri.

Eòghann – Dèanaibh air ur socair, a shiorraim, chan eil am bonnach beag bruich fhathast.

Fear-lagha Màiri – Feumar a thoirt an aire, ler cead, a shiorraim, gur e sin a' cheart reusan a thug do Mhàiri Iain a thoirt gus a' chùirt seo, e bhith falbh le caileagan eile agus a ghealladh do Mhàiri a bhriseadh.

An Siorram – 'S ann air a sin dìreach a tha mi tighinn. Ged is i Màiri a thog a' chùis an aghaidh Iain nuair a thuig i gun robh e air dèanamh a-suas ri Peigi nighean Iain, dh'fhaodadh Iain e fhèin ceum an toiseach a ghabhail agus Màiri a thoirt gu cùirt airson a' cheart dìolaidh nuair a thuig e gun robh i air dèanamh a-suas ris an t-saor Ghallda, 's tha mi leis a sin a' dèanamh a-mach gun robh Iain na bu dìriche na ghiùlan na Màiri.

Fear-lagha Iain – Ler cead, a shiorraim, tha Iain ag ràdh nach d' rinn e ach an t-iomradh seo thoirt air Peigi nighean Iain airson fearg a chur air Màiri agus mar gum biodh pàigheadh mu chlàr a dhèanamh oirre. Aig an àm cheudna, cha robh an rud fìor idir, agus b' àill leis nach robh e fìor mu Mhàiri na bu mhò, oir mura biodh, math dh'fhaoidteadh gun còrdadh iad an dèidh na h-uile rud, ach tha fianais Iain Thàilleir agus an dithis eile gu làidir an aghaidh sin. Bha tlachd mòr aige do Mhàiri agus tha a' chiad litir

a chuir e chuice an dèidh dol do Ghlaschu an dearbhadh sin gu
mòr. Bha e làn mulaid nuair a sgrìobh e i, agus thaom e a chridhe
a-mach innte.

Eòghann – Ù! Bithidh duine mar sin, co-dhiù, a’ chiad
seachdain an dèidh dha don taigh fhàgail. Chan eil an ath-tè no
’n treasa tè cho blàth sin.

Fear-lagha Màiri – Chan eil mi a’ smaointinn gun robh cridhe
Iain idir a rèir na litreach sin, ged a chaidh e gu bàrdachd innte.
Ma bha a chridhe a rèir a phinn, ’s neònach nach tug e ’n aire ciod
e latha ’n mhìos air an do sgrìobh e, oir mar a chunnaic sinn air
fad, ’s e ’n deicheamh latha fichead de chiad mhìos an earraich
a chuir e sìos, latha nach robh idir anns a’ cheart mhìos, ged is i
bliadhna-leum fhèin a bh’ ann.

Eòghann – Seadh, agus ’s ann a bha e bruidhinn air a’ ghealaich
mar gum b’ i ’n aon ghealach a bhiodh an Glaschu agus an seo.

An Siorram – Ach, co-dhiù, feumar dol air aghaidh. Tha
’n ùine air dol seachad. (A’ tionndadh ri fear-lagha Màiri,) A bheil
ceist sam bith agadsa ra cur air Iain?

Am Fear-lagha (ag èirigh) – Tha dìreach ceist no dhà agam ra
cur air. (A’ tionndadh ris an fhianais.) Tha thu ag ràdh gum faca
tu Màiri agus an saor Gallda nan suidhe taobh adaige air an
iomaire mhòir?

Iain Tàillear – ’S e sin beachd a th’ agam.

Am Fear-lagha – Ciod e, ma-tà, a’ cheart àm den bhliadhna
bhiodh sin?

Iain Tàillear – An àm an fhoghair, gun teagamh, neo cha
bhiodh adagan ann.

Am Fear-lagha – Ach ’s e tha mi ciallachadh, ciod e an t-àm
den fhoghar, oir dh’fhaodadh adagan a bhith a-muigh an dèidh
don t-saor Ghallda an dùthaich fhàgail?

Iain Tàillear – An-dà, bhon tha mi tighinn gum chuimhne, b' ann tràth an ciad mhìos an fhoghair.

Am Fear-lagha – Seadh, tha sin glè mhath, ach ciod e mar tha beachd cho math agad air an àm, ciod e 'n comharra th' agad air?

Iain Tàillear – Tha comharra math gu leòir agam air, agus 's e sin gum b' e àm Faidhir an Dùin a bh' ann, agus cha chreid mise duine sam bith aig am bi mart no each ra reic no ra cheannach nach eil sin na dheagh chomharra. Agus thachair seo an làrna-mhàireach air dhomh tighinn fhar na faidhreach.

Am Fear-lagha – Seadh. An innis thu seo dhomh, ma-tà? Ciod e an t-àm den fhoghar am bi sibh a' tòiseachadh air buain?

Iain Tàillear – Bithidh, am bitheantas, mu thoiseach dàrna mìos an fhoghair.

Am Fear-lagha – Mu thoiseach dàrna mìos an fhoghair! Agus ciod e mar a-nis a b' urrainn dhut Màiri agus an saor Gallda fhaicinn taobh adaig an toiseach ciad mhìos an Fhoghair? (Cromaidh Iain a cheann agus tachasaichidh e a chiabhagan.)

Eòghann – Tha thu 'n sàs, 's cha tig thu às!

An Siorram – Tha sin gun teagamh a' cur seallaidh eile uile gu lèir air a' chùis. (Ri fear-lagha Iain.) A bheil ceist sam bith tuilleadh agad ra cur?

Fear-lagha Iain – Dìreach tè no dhà. A bheil Alasdair Mòr a' cleachdadh a bhith cur eòrna san iomaire mhòir?

Iain Tàillear (le sodan) – Tha.

Am Fear-lagha – 'S ciod e 'n t-àm am bi an t-eòrna ga bhuain?

Iain Tàillear (gu fearail) – Dìreach mu thoiseach ciad mhìos an fhoghair.

Am Fear-lagha – 'S nach fhaodadh leis a sin adagan gu leòir a bhith air an iomaire mhòir mun àm shònraichte seo?

Eòghann – (Ged dhannsteadh an rìdhle gu chùl, bidh car ùr an rìdhle mhogain agadsa!)

Iain Tàillear – Dh'fhaodadh.

An Siorram – 'S e sin mas e eòrna a bh' ann.

Eòghann – ('s càch ga chumail sàmhach) – 'S e sin e dìreach, a shiorraim. (Ri càch.) Chan fhan mi sàmhach. Chan ann airson a bhith sàmhach a thàinig mi 'n seo.

An Siorram – A bheil duine 'n làthair is urrainn innseadh ciod e 'm bàrr a bha san iomaire mhòir, a' bhliadhn' ud?

Fear-lagha Iain – Tha, Niall a' Choire.

An Clèireach – Thigeadh Niall a' Choire an làthair.

An Siorram – An urrainn dhutsa innseadh ciod e 'm bàrr a bh' anns an iomaire mhòir a thrì bliadhna on àm seo?

Niall (a bhas air a smig, 's e a' sealltainn am mullach an taighe, 's e a' bruidhinn ris fhèin gu socrach) – Stad thusa, ma-tà. A cheithir bliadhna on àm seo bha buntàta agamsa san iomaire mhòir. A-nis, 's e eòrna a bhios an dèidh a' bhuntàta, 's a thrì bliadhna on àm seo 's e eòrna bha san iomaire mhòir. Bha eòrna –

Fear-lagha Màiri – Ciod e 'm beachd a th' agad gur ann a ceithir bliadhna on àm seo a bha buntàta agad san iomaire mhòir?

Niall – Tha, gum b' i an obair mu dheireadh a rinn làir bhàn Iain Thàilleir, mo chuid buntàta-sa a chairtearachd dhachaigh. Bhàsaich i air an ath-gheamhradh, agus b' ann san fhoghar na dhèidh sin a cheannach e 'n t-each odhar.

An Siorram – Tha sin soilleir gu leòir.

Fear-lagha Màiri – An latha sin a bha thu fhèin agus Seumas Bàn agus Iain Tàillear còmhla, an robh sibh cho dlùth don dithis a chunnaic sibh taobh na h-adaige 's gun aithnicheadh sibh duine seach duine?

Niall – Cha robh.

Am Fear-lagha – 'S ciod e mar, a-nis, a rinn sibh a-mach gum b' e 'n saor Gallda bh' ann?

Niall – Chunnaic sinn e tighinn a-nall bhon taigh-sgoil an coltas an t-saoir agus roinneadh dhuinn rud a bha nàdarra gu leòir – gum b' e bh' ann.

An Siorram – Ciod e mar bha e nàdarra gu leòir? An ann a chionn gun cuala sibh gun robh e fhèin agus Màiri suirghe?

Niall – Chan ann, ach a chionn gum faca sinn a' tighinn bhon taigh-sgoil e, agus gun robh sgeadach an t-saoir air.

Am Fear-lagha – Chan eil cinnt agaibh air ach sin.

Niall – Chan eil ach gun cuala sinn a-rithis gum b' e a bh' ann?

Am Fear-lagha – Agus cò aige chuala sibh gum b' e bh' ann?

Niall – Aig Eachann a' Mhuilinn. Thubhairt e gun d' innis Dùghall Ruadh na h-Àtha dha e, agus gun robh Dùghall fhèin leis an t-saor aig an taigh-sgoil nuair a chaidh e null far an robh Màiri, 's i buain air an iomaire mhòir. Chan eil cinnt no dearbhadh agamsa air a' chùis ach sin, agus b' àill leam nach robh sin fhèin agam.

Am Fear-lagha (ris an t-siorram) – Sin na bheil agam ri ràdh.

An Siorram – Chan eil mi faicinn gu bheil reusan sam bith dol nas fhaide air aghaidh leis a' chùis. Chan eil e coltach gu bheil san nì uile ach sgeul mu thuaiream, gun bhun, gun bhàrr, gun dreach, agus air fàs bho bheul gu beul mar mhuc-shneachda, mar a dh'èirich do iomadh sgeul eile coltach rithe a fhuair ùine gu leòir a dh'imeachd bho bheul gu beul. Chan eil teagamh air a shon sin, nam biodh Dùghall Bàn na h-Àtha againn an seo nach cuireadh e soilleireachd mhòr air a' chùis. A bheil Dùghall an seo, a Nèill?

Niall – Chan eil. Tha e an Ameiricea bho chionn bliadhna.

Dùghall (ag èirigh na sheasamh am meadhan na cùirte) – Tha Dùghall Bàn an seo, agus seasaidh e air a shon fhèin.

An Clèireach – Seas a-nìos, a Dhùghaill. (Thig Dùghall an làthair.)

Eòghann ('s e a' glaodhaich) – Eudail thu, Dhùghaill! Bu tu daonnan am pionadh a chumadh an roth air an aiseal!

An Siorram – An tubhairt thusa ri Eachann a' Mhuilinn gum fac' thu Màiri agus an saor Gallda nan suidhe taobh adaig?

Dùghall – Cha tubhairt riamh. Bu duilich dhomh, a chionn chan fhaca. Tha mi a' tuigsinn gu bheil foill air a cluich an seo, agus ma cheadaicheas sibh dhomh labhairt, chan eil fhios a'm nach cuir mi beagan soillearachd air a' cheist nach eil oirre. Rinn aon rud beag sgàil a chur air gach sùil pàirt de na chuala mi 'labhairt, ach math dh'fhaoidteadh gun rachadh agamsa le beagan fhacal an sgàil sin a thogail.

An Siorram – Bithidh sinn ro thoileach èisteachd riut, a Dhùghaill.

Dùghall – Seo agaibh, ma-tà, mar a bha. Bha toil aig Eachann, bho chionn iomadh latha, cur eadar Màiri agus Iain Bàn, agus sùil gheur aige fhèin innte. 'S minig a thubhairt e rium fhèin nach stadadh e gus an toireadh e 'n t-iasg à spuir na h-iolaireach, ged a bha e 'gabhail air a bhith na charaid dìleas dhaibh le chèile. Air an latha shònraichte seo air a bheil sibh a' bruidhinn, bha mise agus Eachann còmhla aig an taigh-sgoile. Chunnaic sinn Iain Tàillear an t-Srath agus Seumas Bàn agus Niall a' Choire an croit Iain Thàilleir, agus thuirt Eachann gum bu ghast' an spòrs e 'dol a-null far an robh Màiri an riochd an t-saoir, dh'fheuch ciod e 'theireadh Iain Tàillear 's an dithis eile, agus sùil na dùthcha air Màiri co-dhiù, a chionn gealladh-pòsaidh a bhith eadar i fhèin agus Iain Bàn. Sin agaibh mo chuid-sa dheth. Dh'fhàg mi 'n dùthaich greis na dhèidh sin, 's tha fios agaibh fhèin air a' chòrr nas fheàrr na th' agamsa.

An Siorram – Tha na briathran sin a' cur crìch urramaich air a' chùis uile gu lèir. B' e Eachann a' Mhuilinn a b' ùghdar do gach uirsgeul gun dreach, gun bhun, gun bhàrr, a b' adhbhar a' chùis a thoirt an seo. Bha e 'gabhail dà phàirt anns an nì.

Eòghann – Bha toil aige fhèin a phàirt a b' fheàrr a bhith aige, ach cha deach leis.

An Siorram – Agus, ged nach deach leis mar thuirt mo charaid, cha robh ann, mun tubhairt an sean-fhacal e, ach "seach mo chluas agus buail m' adharc." Mur an do thachair do Dhùghall Bàn tighinn le tuiteamas nar measg, chan eil fhios a'm idir ciod e 'n taobh a rachadh a' mheidh.

Fear-lagha Iain – Tha Iain Bàn ro thoilichte gun robh Màiri dìleas dha an dèidh na h-uile rud. Thàinig a' chùis a-mach calg-dhìreach an aghaidh mar a bha e 'smaointinn a thigeadh i. Ach ged bu duilich leis sin a smaointinn, tha e ag iarraidh a ràdh gum bu Eachann a' Mhuilinn anns an robh e 'cur a leithid de dh'earbsa, a bha 'cur nam fiosan chuige mu Mhàiri 's mun t-saor.

Eòghann – Nach b' e cluich a mhealladh companaich i!

Fear-lagha Màiri – Agus tha Màiri 'cheart cho toilichte 'chluinntinn gun robh Iain dìleas dhi daonnan, agus gur th' ann a-nis a tha e 'tuigsinn tratan Eachainn anns an robh e 'cur a leithid de dh'earbsa. Tha cuimhne aice, a-nis, glè mhath an latha ràinig e i taobh na h-adaige agus aparan an t-saoir air, ach cha do thuig i gus a seo ciod e bu chiall don turas a thug e far an robh i.

An Siorram – Tha e coltach, co-dhiù, gun robh a' chàraid neoichiontach le chèile anns an nì a chaidh a chur a-mach orra. Chuir fianais Dhùghaill Bhàin ar n-obair air fad an giorrad. Tha mi a' toirt taing do gach aon a ghabh pàirt anns a' chùis, agus gu seachd, sònraichte don luchd-bhreith a shuidh cho socrach sàmhach ciallach, agus sin aig iomadh àm a bha e coltach gun tigeadh snaidhmean cruaidhe mun coinneimh a chùm am fuasgladh. Chan eil teagamh agam nach dèanadh iad sin.

Eòghann – Sinn a dhèanadh gu toileach! ’S iomadh snaidhm chruaidh a dh’fhuasgail Fionnlagh an seo nuair a rachadh na lìn tro chèile air an oitir mhòir.

An Siorram – Chan eil teagamh agam nach dèanadh iad sin gu sgiobalta agus gu toileach, mar a thuirt mo charaid –

Eòghann – Taing dhuibh, a shiorraim.

An Siorram – Ach tha ’chùis nas fheàrr mar a tà i, agus thèid sinn air fad dhachaigh nas toilichte na bha dùil againn, air fad aon uair, a dh’fhaodadh pàirt againn dol.

’S Leam Fhèin an Gleann

Bha dà rud shònraichte bu reusan do na h-uaislean bu mhotha san dùthaich a bhith a’ tadhal Ghleann a’ Chaorainn, agus b’ iad sin gur ann ann a bha ’n fhrìth fhiadh a b’ fheàrr sa Ghàidhealtachd uile, agus an aon mhaighdeann bu mhaisiche air an do dhearc sùil duine bho chionn iomadh linn roimhe siud. Cha robh snaidheadair riamh sa Ghrèig a gheàrr a-mach à cloich le òrd ’s le gilb ìomhaigh bu shnasmhoire, ’s cha robh maise dh’iarradh bàrd air nighinn, nach robh oirre bho mhullach a cinn gu bonn a coise, agus ’s iomadh bàrd math a sheinn cliù maighdeann Ghleann a’ Chaorainn ra latha. ’S iomadh fleasgach òg ionnsaichte, làn òir is ionmhais, thigeadh don ghleann mar leisgeul a shealg nam fiadh ainmeil aig an robh an dachaigh am measg nan stùc ’s nam beann air oighreachd a’ ghlinne, ach cha b’ e idir fear na cròic bu mhotha bhiodh air an aire am feadh ’s a bhiodh iad a’ seilbheachadh a h-uile toil-inntinn ’s làn aigheir a tha ’n cois faghaid nam fiadh. Bu lìonmhor iad mum fàgadh iad an gleann a dh’iarradh làmh Màiri òig, ach bha iad a cheart cho lìonmhor dan tug Màiri òg an diùlt, eadhan ged rachadh cuid dhiubh mun cuairt air suirghe na maighdinn a cheart cho seòlta ’s a rachadh iad a shireadh fear dìreadh nan stùc. Bu tric a bhiodh a seann athair am feirg rithe airson cùl a chur ri iomadh pòsadh mòr beartach, ach thug Màiri a cridhe do òganach smiorail gasta eile, agus bheireadh i a làmh dha, cuideachd, nam faodadh i − an rud nach fhaodadh. B’ e sin Iain Bàn Pìobaire, aon mhac banntraich bhochd a bha ’fuireach am bothan beag mu thuaiream dà cheud slat don taigh mhòr.

Bha Iain na ghille cho deas dìreach smiorail ri aon mhac màthar a sheas ’riamh air bonn bròige, ’s an uair a dh’èideadh e e fhèin san deise Ghàidhealaich, bu shealladh shùl e do dh’ìslean ’s do dh’uaislean anns gach cuideachd sam bitheadh e − agus b’ iomadh sin − àrd, inich, slinneineach, leathann, le dhà chalpa chuimir, an osain bhallach, mar bhradan tarra-gheal na garbhlaich. Bhon a bha e na bhalach glè òg, bha e na phìobaire aig Fear a’ Ghlinne, agus meur eile bu ghlaine air feadan cha robh furast’ fhaotainn. Bhon dh’fhalbh Cloinn MhicCriomain, cha robh fear eile san dùthaich a bheireadh a-mach gach glug 's gach snaidhm 's gach car tha 'n siubhal, no 'n taorluth no 'n crùnluth pìobaireachd, cho math ri Iain Bàn, pìobaire Fear Ghleann a' Chaorainn.

'S iomadh latha 'thug e fhèin agus Màiri òg a' leannanachd, agus chan eil iomradh am bàrdachd no 'n sgeulachd air fear no mnaoi aig an robh leannan-sìth a rinn leannanachd cho uaigneach rè ùine cho fada, ri Iain Bàn 's ri Màiri Òig a' Ghlinne. Nuair a thigeadh neòil dhubha na h-oidhche mar sgàil-bhrat dorcha thar mullach nam beann, shèideadh Iain suas a' phìob mhòr aig ceann a' bhothain bhig, 's nuair 'chluinneadh Màiri òg cuir bhòidheach "'S leam fhèin an gleann," na suidhe na seòmar àrd, thuigeadh i gun robh i ri Iain a choinneachadh san àite ghnàthaichte fo sgàil nam preas a bha 'tilgeadh am faileas dorcha air aodann Loch Bà, agus 's gann a dh'aithriseadh mac-talla nan creag na meòir mu dheireadh den phort, nuair bhiodh Màiri air a pasgadh na breacan, a' feitheamh ra leannan.

Lean iad mar seo iomadh latha 's bliadhna, ach, mar a dh'èirich do iomadh càraid òg eile a bhiodh a' leannanachd gun fhios, chaidh am brath, agus 's gann a chaidh am beag sgeul don mhòr-sgeul, nuair a ràinig an gnothach cluasan Fear a' Ghlinne. 'S e a thàinig às a' chùis gum b' fheudar do Iain an dùthaich fhàgail gun dàil, gun fhuireach, agus cha robh sin gun trioblaid, gun sileadh dheur do Mhàiri bhochd. Fhuair iad an cainnt a chèile aon oidhche mun tug Iain a chùl ris an dachaigh san d' fhuair e àrach òg. Mun do dhealaich iad ri chèile thubhairt Iain: "Nis, a Mhàiri, bithidh iomadh latha 's bliadhna mun tachair sinn a-rithis, 's math dh'fhaoidteadh nach tachair gu bràth, ach ma chluinneas tu oidhcheigin fhathast fuaim, "S leam fhèin an gleann,' thig thu an seo mar a b' àbhaist, 's e sin mura bi thu air làimh aig fear eile." Gheall Màiri siud agus, len cridheachan a' plosgail ri uchdaibh a chèile, dh'fhàg iad a' bheannachd mu dheireadh gu ceann iomadh latha 's bliadhna – no air na bha a dh'fhios aca – gu bràth.

Mun do dh'èirich grian air madainn an làrna-mhàireach, bha Iain iomadh ceum air a shlighe, agus bu cheumannan troma iad sin, agus cha b’ e a chridhe bu dad a b’ aotruime. An ceann beagan ùine ràinig e Glaschu, agus aig crois a’ bhaile mhòir sin, ghabh e tastan an rìgh, ’s chaidh e na phìobaire don Rèisimid Dhuibh far an robh iomadh gille sgairteil smiorail de mhuinntir Ghleann a’ Chaorainn, mar a bha Iain fhèin.

Bha Màiri òg gu deurach muladach ga thuireadh anns a’ ghleann. Cha robh sìon air an leagadh i sùil nach robh leatha mar gum biodh e a’ gul ’s a’ caoidh Iain mar a bha i fhèin. Bha gnùis throm mhuladach air gach cnoc ’s gach glac ’s gach preas. Nuair a thàinig deireadh a’ chiad latha, bha an gleann gun Iain, ’s nuair a thàinig an t-àm a b’ àbhaist dhi “’S leam fhèin an gleann” a chluinntinn a’ tighinn oirre bhon bhothan bheag ud thall, bha a cridhe an ìmpis sgàineadh le bròn. Shuidh i mar a b’ àbhaist dhi an uinneig an t-seòmair. Bha gaoth thlàth ag iomain neul dhubha na h-oidhche gu mall thar a’ ghlinne. Dh’fhalaich na beanntan an cinn ghorma fo chleòca trom de cheò. Bha torman mulaid nach b’ àbhaist aig gach eas a bha a’ sruthadh o chlochan nan stùc, ’s bha gaoth an anmoich ag osnaich bho phreas gu preas, ’s bho chraoibh gu craoibh, mar nach cuala Màiri a-riamh roimhe i. Bha gach nì fo smal ’s fo bhròn co-rèir ri Màiri fhèin, a’ tuireadh ’s a’ caoidh na dh’fhalbh an latha ud. Thug i iomadh latha mar seo a dh’aindeoin na dhèanadh a h-athair ga toileachadh le bhith a’ cruinneachadh chuideachdan cridheil, feuch an trèigeadh i am bròn a bha i a’ giùlan. Ach bha Màiri bhochd a’ sìor shnaidheadh às. Bha am maise nach robh ach tearc ra fhaicinn an gnùis mnatha, an ìmpis a trèigsinn. Bha i mar bhlàth a’ cinntinn fo sgàil nan craobh far nach ruigeadh aon chuid dealt torach na h-oidhche no aiteal cùbhraidh grian an t-samhraidh.

Bha Màiri bho àm gu àm gu coibhneil furanach, dleasnach ri màthair Iain. Bha i mar seo a’ faotainn a naidheachd gu tric, nì a bha a’ toirt aotromachaidh mhòir dhi. Ach an ceann beagan ùine thàinig air an rèisimeid falbh gus na h-Innsean an Ear, agus ged a bha litir a’ tighinn bho Iain an tràth-s’ ’s a-rithis anns a’ chiad tòiseachadh, bha iad ri ùine fàs na b’ ainneimhe ’s na b’ fhaide bho chèile, gus mu dheireadh an do sguir iad air fad.

Rè iomadh bliadhna fhada cha robh sgeul bheò no mharbh a' tighinn air, agus anns an ùine sin thàinig atharrachadh mòr air a' ghleann. Chaidh an oighreachd cho mòr am fiachan 's gum b' fheudar a reic, agus bha i air a ceannach le uasal òg an Lunnainn, ach cha chualas ainm. Bha leis a sin seann uachdaran a' ghlinne ris an t-seann dachaigh fhàgail, 's cha robh sin gun bhith goirt cràiteach don tuath lìonmhor a bha an Gleann a' Chaorainn, oir bha iad fhèin 's an seanairean a' pàigheadh màil do theaghlach a' ghlinne bho chionn iomadh glùn air ais.

Air sgàth a h-athar bha a-nis a' fàs suas an aois, 's a' fàs sìos an cuid, dh'aontaich Màiri Sasannach òg beartach a bhiodh a' tighinn tric don gleann a shealg nam fiadh a phòsadh. Thug i dùil gun tilleadh Iain gu bràth. 'S iomadh uair a smaointich i gun do thuit e am blàr ris na daoine dubha, no gun do bhàsaich e leis na plàighean mosach tha cho buailteach do thìrean teth, no gun robh e air a reubadh leis na beathaichean fiadhaich tha cho lìonmhor am fàsaichean nan Innsean. Ach a dh'aindeoin nan smaointean sin, cha robh oidhche gus an oidhche mu dheireadh nach robh i a' cumail a cluais fosgailte feuch an cluinneadh i fuaim na pìoba.

Rè na h-ùine sin bha Iain beò slàn. Ged a rinn e dearmad air a bhith a' sgrìobhadh, mar rinn iomadh fear da sheòrsa a bhiodh treis an tìrean cèin, bhiodh e gu tric a' smaointinn air na dh'fhàg e às a dhèidh. Bu tric a rachadh e sràid do àite iomallach uaigneach, agus a chluicheadh e leis fhèin na puirt air an robh dèidh aig Màiri, agus thar leis gum faiceadh e i a' tighinn na chòmhdhail am beul an anmoich. Gu tric nuair a bhiodh Iain mar seo, bhiodh e a' faicinn deàrrsadh bòidheach boillsgeil, mar gum biodh reul air oidhche reothaidh an taobh chnuic faisg air. 'S tric a smaointich e dol feuch ciod e bu chiall dha, ach aon latha 's e a' dol seachad air an àite cheudna, chuir e roimhe gun toireadh e deuchainn dha, ged a bha e am beachd iomadh uair gur e beothach fiadhaich a bh' ann, na laighe am fàil. Co-dhiù, ràinig e an t-àite agus, am bruaich mhòir an sin, fhuair e clach sgorrach geur-chumadh. ach leis an deàrrsach ghorm a bha i a' tilgeil na làimh, eadhan air a' mheadhan- latha, smaointich e gun toireadh e leis i 's nan robh e an dàn dha dol dachaigh gu bràth, gum biodh i aige na h-iongnadh às na h-Innsean an Ear.

Beagan ùine na dhèidh seo, thàinig an rèisimeid dhachaigh do Lunnainn, agus aon latha sònraichte a bha an sin, bha Iain a' gabhail sràid leis fhèin agus a' gabhail tlachd anns gach sealladh bha e a' faicinn feadh a' bhaile mhòir sin, nuair a thàinig e gu uinneig bùth mhòir anns an robh iad a' reic chlachan luachmhor. Chunnaic Iain an sin clach den cheart seòrsa a thug e fhèin às na h-Innsean, agus smaointich e, leis mar a bha i air a glèidheadh cho cùramach, gun robh i gu math fiachail. Chaidh e a-staigh don bhùth agus dh'fhaighnich e prìs na cloiche. B' e siud mòran mhìltean.

"An-dà," ars Iain, "tha tè agamsa den cheart seòrsa, ach a cheithir meud rithe seo, agus ma chòrdas sinn ma prìs, reicidh mi ribh i."

"Faiceam i," ars am marsanta, "'s chan eil fhios nach fhaod mi a ceannach."

Dh'fhalbh Iain a dh'iarraidh na cloiche, agus nuair a thill e, sheall am marsanta oirre gu mionaideach.

"Tha seo," ars esan, "clach den daoimean as fheàrr. Ciod e 'ghabhas tu oirre?"

Dh'innis Iain siud, agus mun deach e a-mach thar stairsneach a' bhùth, bha e na dhuine cho beartach 's a bha a' coiseachd air sràidean Lunnainn. 'S beag a smaointich Iain gun robh urad de luach anns a' phìos cloiche a bha e a' giùlan na chuideachd cho suarach a leithid de ùine.

Beagan ùine an dèidh siud, ciod e a chunnaic Iain anns na pàipearan naidheachd ach gun robh Gleann a' Chaorainn anns a' mhargadh. Gun dàil sam bith 's ann a chuir e tairgse air an oighreachd tro luchd-lagha an Dùn Èideann, agus an ceann glè bheag de làithean, thàinig fios chuige gun d' fhuair e an gleann air a thairgse. 'S beag a smaointich Iain an latha chaidh fhògradh às a' ghleann gum faodadh e tilleadh ann fhathast, 's e na uachdaran air, agus a' chiad tilleadh sin, cuideachd. B' e a mhiann gun fhios a bhith aig neach sa ghleann air a' chùis, oir chuir e roimhe gun rachadh e dhachaigh, 's nach dèanadh e e fhèin aithnichte do dhuine car tiota.

Thug e an sin aghaidh air na garbh-chrìochan aon uair eile. Bha an latha goirid earraich air ciaradh a dh'ionnsaigh na h-oidhche nuair a ràinig e crìochan Ghleann a' Chaorainn. Shuidh e car tacain air bruaich bhig taobh an rathaid a' leigeil a sgìos, agus a' gabhail aon làn a shùl de ghleann a ghràidh aon uair eile, air a' chiad tilleadh dha ann, bho chionn iomadh bliadhna mhòr fhada. B' e sin an sealladh a thug air an fhuil an cuislean Iain a bhith a' ruith gu blàth agus gu faramach. Bha na beanntan ciatach a' dìreadh nam binneanan mòra gorma a-suas an aghaidh nan speur, agus badain de neòil chruaidh dhubha ghiobagach na h-oidhche earraich a' snàmh gu h-aotrom thairis orra. Bha tùchan na liath-chirc am measg an fhraoich mar a b' àbhaist, agus dùrdail throm a' choilich ga freagairt sa choille. Bha am bradan tarra-gheal a' mireag 's a' leum san loch, 's a' fàgail cearcaill anns gach àite an tuiteadh e. Bha na rionnagan a' caogadh 's a' priobadh tro gach uinneig a bh' air an speur, 's a' tilgeadh an gathan geala solais a-nuas air monadh 's air srath. Bha an taigh-mòr, a-nis a bu leis fhèin, le sholas a' boillsgeadh anns gach uinneig a bh' air, agus bothan beag a mhàthar ga altram an uchd na beinne mòire, 's na craobhan mar a b' àbhaist a' sgaoileadh a-mach am meanglan a chumail fasgaidh air. 'S iomadh sealladh a chunnaic Iain an tìr-ean cèin, ach b' e siud sealladh bu bhòidhche chunnaic e a-riamh. Cha robh àite air an sealladh e nach robh cuimhneachan air choreigin co-cheangailte ris agus ionann 's ag ràdh ris: "Bheil cuimhn' agad air a seo, Iain?"

Ràinig Iain stairsneach a mhàthar agus, gun dad a ghabhail air, dh'iarr e cuid-oidhche oirre, gum bu shaighdear e a bha a' tighinn dhachaigh air fòrlach.

"Gheibh thu sin, a ghràidh," ars an t-sean-bhean bhochd, "agus bhon is saighdear thu, 's leat dà cheann an taighe. Bha mac èibhinn agamsa, mi fhèin, an arm an rìgh, ach bho chionn mhòran bhliadhnachan chan eil sgeul bheò no mharbh air."

Thàinig reachd am muineal na sean-mhnatha bhochd a thug tiomadh mòr air Iain, agus eadar a h-uile latha goirt a chuir e seachad, cha do chuir e cath a-riamh seachad cho mòr 's a chuir e a' cumail tobraichean nan deur gun taomadh thar am beul.

Nuair a fhuair Iain grèim bìdh, ghabh e naidheachd na dùthcha.

"A bheil dad ùr a' dol air aghaidh san dùthaich?" ars esan.

"An-dà, tha gu leòir," ars a mhàthair, "thàinig atharraichean mòra mun cuairt an ùine glè ghoirid. Tha 'n oighreachd seo air a reic 's an seann uachdaran ra chùlaibh a thoirt oirre gu bràth, air a' Bhealltainn seo tighinn, 's tha nighean a-nochd a' pòsadh ri Sasannach òg beairteach, 's chan eil sin gun chuimhneachan bochd dhòmhsa."

Cha d' fheòraich Iain carson. Dh'èirich e na sheasamh air an ùrlar, agus ars esan, 's e a' cur dheth a chleòca mhòir:–

"Cha tig fuachd gun tig earrach;
No cruaidh-chàs na gaillinn;
'S cha dèan bean ach air èiginn
Gun aithnich i ciad-ghin."
"An aithnich sibh Iain, ur mac, a mhàthair?"

Cha ruig mise leas oidhirp a thoirt air innseadh na coinneimh a bha eadar Iain 's a mhàthair, an oidhche sin.

Ach bha gealladh sònraichte aig Iain ri ghlèidheadh. Ghleus e a phìob. Chaidh e a-mach, 's nuair ràinig e an t-seann làrach, shèid e suas i, is chualas ceòl sa ghleann an oidhche sin nach cualas ann o chionn iomadh latha. Bha tost anns a' ghleann uile gu lèir, mar gum biodh gach creutair ag èisteachd. Sguir a' chearc da tùchan air an raon is shìn i a-mach a h-amhaich a dh'èisteachd ri sèis "'S leam fhèin an gleann." Sguir a' bhò air an fhaiche de chnàmh a cìr. Thog am fiadh a chabar sa bheinn, is thug an smeòrach a ceann trom cadalach a-mach bho sgèith, 's i a' cumail cluais ri claistneachd.

Bha fear na bainnse 's bean na bainnse air an cuartachadh le cuideachd mhòir ghreadhnaich, nan seasamh air beulaibh a' mhinisteir, nuair chualas ceòl na pìoba.

"Tha siud a' toirt a'm chuimhne meur Iain Bhàin," thuirt fear den chuideachd.

Thàinig an siubhal. "Nam biodh Iain beò, 's e san dùthaich dh'abrainn gur e tha 'n siud," arsa fear eile.

Ach thòisich an crùnludh anns an robh obair mheur nach cualas a-riamh roimhe a leithid.

"Biodh Iain Bàn beò no marbh, 's e san dùthaich no aiste, 's e tha 'n siud," ars an treas fear.

Ach bha ùpraid am measg na cuideachd. Thuit bean na bainnse na glag air an ùrlar an neul. Stad an ceòl. Bha tost am measg na cuideachd. Bha gach aon a' sealltainn air a chèile. Bha an sùilean a' bruidhinn ged nach robh am beòil, 's ag ràdh gur e tannasg Iain Bhàin a bha an siud gun teagamh.

Chaidh Màiri òg a thogail a-mach do sheòmar eile, is nuair a chaidh i na b' fheàrr, chuimhnich i air na facail mu dheireadh thuirt Iain Bàn rithe mun do dhealaich iad: "Ma chluinneas tu, oidhcheigin fhathast, "'S leam fhèin an gleann," 's tu gun a bhith pòsta, ruigidh tu mise mar a b' àbhaist."

Dh'iarr i dol tacan beag a-muigh, agus, aon uair 's gun d' fhuair i a cas thar clach an dorais, cha chumadh Caoilte na Fèinne ruith rithe gus an d' ràinig i Iain. An dèidh dhaibh fàilte 's furan a chur air a chèile, chaidh iad, gualainn ri gualainn, gus an taigh-mhòr, 's mar sin do bhroilleach na cuideachd. Cha robh neach a bha a-staigh nach robh mar gun tigeadh boinne fala na bheul le mòr iongnadh. Rinn a' mhòr-chuideachd gàirdeachas is fleadhachas ri

Iain Bàn. Ach chnuas Fear a' Ghlinne rudeigin. Bha e na shuidhe an cathair 's e ag altram fheirg, 's aghaidh mar an iarmailt mum briseadh i a-mach gu stoirm. Ach thàinig Iain Bàn lom is dìreach far an robh e, agus, ars esan: "'S tric a chluich mise "'S leam fhèin an gleann" nuair bu leats' e, ach a-nochd chluich mi e mar nach do chluich mi riamh roimhe e, oir, 's leam fhèin an gleann." Leis a sin a ràdh, thug e a-mach còirichean a' ghlinne à sporan an fhèilidh.

Chuir seo an ceòl feadh na fidhle is chaidh a' bhanais a chur ma sgaoil, ach an ceann beagan ùine bha banais eile sa ghleann. Phòs Iain Bàn is Màiri Òg, agus 's iomadh latha fada toilichte a thug iad an Gleann a' Chaorainn. Thog iad teaghlach mòr eireachdail ann, agus tha pàirt den sliochd beò slàn feadh an t-saoghail an-diugh fhathast, nam biodh fios càit a bheil iad.

Àm Togail nan Creach

Turas a bha mi san Eilean Mhuileach, iomadh bliadhna air ais a-nis, bha mi aon latha sràidimeachd feadh nan cnoc 's nan glac, 's a' gabhail seallaidh mun cuairt orm, air a' chuan mhòr 's air an tìr uile. Bha a' ghrian bhlàth a' cur neart anns gach lus 's gach flùran a bha nam mìltean a' cur maise air cleòca sròlach gorm an t-samhraidh, leis an robh an tìr uile air a deagh chòmhdach bho mhullach beinne gu srath. Sheas mi air mullach cnuic àird an sin, bhon robh sealladh cho ait 's air an do dhearc sùil duine a-riamh. Bha an cuan an iar mar mhias mhòr airgid sgaoilte mum choinneimh cho fad 's a ruigeadh mo shealladh, speur gun smal a' cur cearcall gorm mun cuairt air, 's e cho sàmhach ri leanabh na chadal. Bha Stafa, 's am Baca, 's Lunga, 's Tiriodh, 's Colla, mar chlachan luachmhor ann am bràiste airgid, agus far an robh an speur 's an cuan a' coinneachadh, mar gum biodh iad a' pògadh a chèile. Air an dàrna làimh, bha an Sgeir Mhòr 's an Dubh Tutach, len taighean-solais, nach robh a' sealltainn, anns an astar, na bu mhotha na coinnleirean. Air an làimh eile, bha Diùra le bheanntan corrach gan sìneadh fhèin suas gu ruige an speur; Colbhasa ìosal an fheòir, 's air a chùl an Roinn Ìleach sìnte a-mach sa chuan mar amhach geòidh air iteig. Gu h-ìosal fodham air an t-sliabh, bha meanbh chrodh, 's treud dhiubh ag ionaltradh air an fhraoch, agus seann duine, le bhata cromagach gam buachailleachd. Theirinn mi an leathad airson uair a chur seachad an cuideachd a chèile. Shuidh mi làimh ris, 's ghabh mi a sgeul.

"An cìobair sibh?" arsa mise.

"An-dà," ars esan, "'s cìobair an-dràsd' mi co-dhiù, ach chuir mi seachad na deich bliadhna fichead a b' fheàrr de mo shaoghal air fairge. Chan eil ceàrn den t-saoghal nach do shiubhail mi, 's tha mi nis a' cur nan làithean mu dheireadh de mo bheatha seachad far an do chuir mi seachad na ciad làithean."

Chunnaic mi gun do thachair companach fiosrach eòlach bruidhneach orm, agus bhon bha sinn nar suidhe, mar tha an sgeulaiche ag ràdh "ri cùl gaoithe 's ri aodann grèine," rinn mi suas m' inntinn greis thaitneach a bhith agam còmhla ris.

"An-dà, ma-tà," arsa mise ris, "nach iomadh sealladh neònach a chunna sibh, agus cunnart mòr a ruith sibh nur latha?"

"'S iomadh," ars esan, "ach an creid sibh seo, gur h-ann am dhùthaich fhèin, agus mun d' fhàg mi riamh i, a' ruith mi 'n cunnart bu mhotha ruith mi riamh. Ma tha ùin' agaibh, innsidh mi naidheachd iongantach dhuibh."

"Bidh mi ro-thoileach," arsa mise, "'s fhiach naidheachd mhaith èisteachd agus fuireach rithe."

Thuig mi air gnùis an duine gun robh rudeigin taitneach aige ra innseadh, agus an tiotan bha e na ghleus. Chuir e cutag dhubh phìoba na bheul, thug a' chuach-theine sgread air an spor, 's nuair a tharraing e ceò às a' chutaig, dh'aithris e sgeul cho neònach 's a chuala mi a-riamh idir, agus seo agaibh e facal air an fhacal:–

"Nuair bha mis' am ghill' òg," ars esan, "bha e na chleachdadh againn daonnan dol tràth san earrach a shealg a' choilich-dhuibh don choille. Aig an àm shònraichte seo den bhliadhna, tha sibh a' tuigsinn, tha e na ghnè anns a' choileach-dhubh cruinneachadh nam ficheadan, aig bad sònraichte aig oir na coille gu cath an àm suirghe na circe, agus an coileach a choisinneas an cath, gheibh e seilbh air a' chirc. 'S e sin fàgail nàdarra an eòin. 'S an uair tha iad a' cruinneachadh mar seo nan aon tòrr, tha cothrom sònraichte aig an t-sealgair orra. Air latha sònraichte, ma-tà, rinn mi fhìn agus companach dhomh suas ra chèile dol a Dhùn Dubh a shealg a' choilich mar a b' àbhaist. A-nis, tha an Dùn astar mòr às a seo, agus bha againn ri falbh oidhche ron àm, agus cur suas ann an àirigh gu madainn. Thàinig an latha, agus deagh latha, cuideachd, an dèidh greis de shìde ghairbh. Bha làithean roimhe siud mar gum biodh an t-earrach òg mear neartmhor an dèidh buaidh fhaotainn an gleac gharbh air a' gheamhradh fhann. Bha neòil mhòra throma dhubha, a' snàmh gu socrach anns na speuran, agus iad, mar gum b' eadh, sgìth claoidhte leis an strì. Bha a' ghrian mhùgach air siaradh gu maith nuair a dh'fhàg mise an taigh, agus a casan-carbaid a' spùtadh a solais air gach cnoc, 's mi air an rathad tron mhonadh gharbh. Bha mi a' cumail sùl gheur air gach taobh dhìom, is romham is am dhèidh airson Mhurchaidh, ach alt dheth cha robh ra fhaicinn. Bha mi 'n dòchas maith dh'fhaoidteadh gum biodh e romham san àirigh, oir, creidibh, gun robh seòrsa de dh'fhiamh orm mi bhith 'm aonar an gleann dubh dorcha fàsail uaigneach, fad oidhch' earraich.

"Coma leibh na co-dhiù, ràinig mi 'n gleann an tuiteam na h-oidhche. Cha robh duine romham. B' e siud an àrach fhuar, gun aoidh, ach thog mi teine, 's an uair a bhoillsg e 'mach, thog mo mhisneach mar an ceudna. Chuir mi seachad pàirt den oidhche ri iasgaireachd, tarraing a-mach luaidhe, 's a' gearradh chuifeinean, ach Murchadh cha tàinig. Shuidh mi taobh an teine, phaisg mi mo làmhan, 's leig mi mo smig air m' uchd, chùm greis de shocair a ghabhail, agus, co-dhiù 's e 'tuiteam an dùsal cadail a rinn mi, no ciod e, thachair rud cho neònach 's a chuala duine riamh. Agus a chionn 's gum b' e bu reusan 's gun tàinig mi tron chunnart às an tàinig mi 'n oidhche ud, innsidh mi mar a bha.

"Bha leam, ma-tà, gun cuala mi casad, 's ciod e ach gun do shaoil mi gum b' e Murchadh a bh' ann, ach cò choisich a-steach ach seann duine mòr liath. Chuir e iongnadh mòr orm a leithid de sheann duine a bhith na leithid de dh'àit' iomalach aig a leithid de dh'àm den oidhche. Ach co-dhiù, thug mi cuireadh a-steach dha. Thàinig e air aghaidh 's shuidh e mum choinneimh gun aon diog a ràdh, ach a' suathadh a bhas 's a' sealltainn orm san dà shùil.

"'Tha i fuar,' arsa mise.

"'Tha i car fuar,' ars esan.

"'Chan eil a seo ach àite gu maith iomalach. Tha fios gur e an rathad a chall a rinn sibh,' arsa mise.

"'Ò, chan e,' ars esan. 'Thàinig mi far an robh thu fhèin, dìreach, oir bha turas beag agam riut.'

"'Chuir siud iongnadh na bu mhò air fad orm: duine nach faca mi riamh roimhe, agus ciod e fios a bh' aige gun robh mi 'n Dùn Dubh an oidhch' ud?'

"'Chan eil dùil agam gum faca mi riamh sibh,' arsa mise. 'Cò sibh, mura mìomhail a' cheist i?'

"'Chan eadh,' ars esan. 'An cual' thu riamh iomradh air Seumas Bàn a bha 'n Tìr Eargain?'

"'Iomadh uair sin,' arsa mise. 'Pìobair cho maith 's a bha 'm Muile na latha. 'S an sibhse Seumas Bàn, pìobaire mòr Thìr Eargain?'

"'Cha mhi,' ars esan, 'ach 's mi mhac. 'S e pìobaire bha 'm athair-sa, mar tha thu 'g ràdh, agus 's e sin a thug far a bheil thusa 'nochd mi.'

"B' e siud iongnadh bu mhò air fad. Chuimhnich mi gun deach Seumas Bàn 's a theaghlach do dh'America fad mun do rugadh mise, 's ciod e air an t-saoghal an turas a b' urrainn a bhith aig an duine neònach seo riumsa? Cuin a thill e à America? No ciod e co-cheangal a bh' aig pìobaireachd athar riumsa? Ach leig mi leis gabhail air aghaidh."

"'Bha port pìobaireachd aige cho loinneil 's a chaidh a chluich riamh air pìob, 's chan eil duine beò an-diugh aig a bheil e. 'S e fear de Chloinn 'IcArtair Ulbha 'rinn e, 's bha toil agam gun sgrìobhadh tus' e.'

"'Bidh mi glè thoileach,' arsa mise, 'canntairichibh e.'

"'Cha leig mi leas,' ars esan, 'tha feadan agam an seo,' 's leis na facail a ràdh, tharraing e 'nuas feadan caol dubh gu maith sean, a muinchill a chòta. 'Nis,' ars esan, 'cluichidh mi 'n toiseach na phìosan e gus an tuig thu mar tha e 'dol.'

"'Thòisich e agus meur bu ghloine air feadan cha chuala mise riamh.'

"'Siud agad an t-ùrlar,' ars esan, agus an ceann greis, 'Siud agad an siubhal,' 's a-rithis, 'an siubhal sleamhainn, an taorludh,' 's mar sin air aghaidh, a h-uile pìos den phort gu ruig' an crùnludh breabach."

"'Cluichidh mi nis e bho thoiseach gu dheireadh gun stad,' ars esan.

"Rinn e siud, agus chuala mise ceòl an uair sin nach cuala mi riamh roimhe, no às a dhèidh, a leithid. Bha leam gun robh mi 'faicinn na dùthcha fo sgeadachadh gorm an t-samhraidh, 's a' cluinntinn nan eun a' ceilearadh sna speuran. Bha 'n crodh a' langanaich 's na laoigh a' geumnaich. Bha 'n uair eile, armailt a' tighinn an coinneimh armailt. Sgread aig claidheamh air claidheamh, agus teine geal a' tighinn à stailinn ghuirm. Bha 'rithis na beanntan fo chleòca dubh na stoirm agus tein'-adhair 's tàirneineach a' reubadh nan neul. Ach sguir an ceòl. Chuir an seann duine làmh air gach glùn 's tharraing e anail."

"'Sin agad, a-nis, am port,' ars esan, 'agus chan eil duine beò 'n-diugh a chluicheas e.'

"Nuair thug sinn mionaid no dhà 'bruidhinn, leum e gu grad air an ùrlar."

"'Tha 'n t-àm agamsa nis falbh,' ars esan, 'oidhche mhaith leat.' 'S a-mach ghabh e na fhìor chabhaig."

"Ghlaodh mi na dhèidh: 'Ciod e an t-ainm th' air a' phort, a dhuine?'

"'Fuaim nan tonn,' ars esan, 's e 'fàgail mo sheallaidh san dorchadas."

"An còrr chan fhaca 's cha chuala mi. Bha mi mar gun togadh sgleò far mo shùl. Sheall mi mun cuairt a' bhothain, ach cha robh agam ach mi fhèin. Bha 'n teine air tuiteam 's gu dol às, ach cha d' fhairich mi 'n ùine 'dol seachad. Sheas mi san doras, ach cha robh creutair ra fhaicinn no ra chluinntinn, ach a' ghaoth ag osnaich 's a' siubhal gu fann bho chraoibh gu craoibh 's a' crathadh nan geugan loma. Bha torman trom na h-aibhne gu h-ìosal sa ghleann, 's i 'siubhal gu lùbach am measg nan clach gu cladach. An còrr cha robh ra chluinntinn. Bha an grioglachan air dol an iar, 's an crann-arbhair gu car a chur, ag innseadh gun robh e na b' fhaide san oidhche na shaoil mise. Cha tàinig Murchadh, 's chuir mi romham nach fhanainn na b' fhaide sa bhothan, 's air falbh gun ghabh mi.

"Thug mi orm gu àirigh eile a bha mu mhìle bhuam, an earalas nach do thuig sinn a chèile, agus gur h-ann oirre seo thug esan aghaidh. 'S a-nis, 's ann air a seo a thogadh mo sgeul.

"Chunnaic mi gun robh solas dreòsach sa bhothan, agus thog mo chridhe. Chaidh mi 'steach, ach cha robh duine romham. Sheas mi greis san doras, agus dh'èist mi, oir bha fios agam nach b' urrainn Murchadh a bhith fad às. Chuala mi monmhar bruidhne 'tighinn a-nìos am bruthach, is thuirt mi rium fhèin gun robh tuilleadh 's e fhèin le Murchadh, agus creidibh gun robh mi toilichte, an dèidh mar a dh'innis mi cheana. Rinn mi gu dol am falach fo thòrr fraoich a bha 'n oisinn a' bhothain, a chùm eagal a chur air na fir an uair a shuidheadh iad greis mun chagailt. Ach, fheara 's a ghràidh! An uair a thog mise am fraoch, cò bha na laighe fodha, 's a cheithir chaoil ceangailte, ach Murchadh!

"'Ciod e air an talamh tha seo?' arsa mise, bodhar balbh le iongnadh.

"'Iain Bhàin, eudail,' arsa Murchadh bochd, 'an tàinig thu mu dheireadh? Sàbhail mo bheatha."

"Thuig mi chùis sa mhionaid. Thug mi 'mach a' chorc mhòr, ach mas d' fhuair mi Murchadh a leigeil fa sgaoil, bha na robairean gu bhith 'staigh.

"'Tilg thu fhèin thairis orm cho luath 's a rinn thu riamh,' arsa Murchadh, agus am prioba na sùla bha mi fon fhraoch. Thàinig triùir fhear mòra 'staigh.

"'Nis,' arsa fear dhiubh, 'bidh an sgeir bhuidhe air lìonadh an tiota, 's feumaidh sinn a bhith sgiobalt', 's an treud fhaotainn air bòrd mun gann a bhitheas a' ghealach os cionn Bhuirg.'

"'Agus a bhith thar na Linne leathainn mas ionndrainn na Muilich an cuid treud,' arsa fear eile.

"'Agus gach poit an Cille Chatain a' plubail a' bruicheadh maragan muilt mhòra Rois mas ionndrainn nighean bodaich chòir air choreigin a leannan, ha ha ha!'

"'Bidh luirgean muilt air gach dùnan an Colbhasaigh mu choinneimh a h-uile h-òrdaig Cholbhasaich a chaidh fhàgail air tràigh Phort Bheathain. Ha-ha-a-a —' ars an treas fear.

"''S mac Iain Gheàrr à Muile,
Ghoid e mo chuid chaorach uile;
Ghoid e do phiuthar 's do mhàthair,
'S mus fàg e, gun goid e tuilleadh.'

'Ach tha car eile an adharc an daimh a-nochd,' ars a' chiad fhear. 'Ach tha an ùine 'dol seachad, fheara, agus —

'Trom, trom, os do chionn, a chailleach,
Ciod e èirig an fhir a tha na laighe?'

"'Tha nach till e dhachaigh a dh'innseadh an ath sgeòil.'

"'S bha iad mar sin gu sunndach a' toirt a-mach binn beatha Mhurchaidh, agus sinne le chèile cho sàmhach ris an luch fo spòg a' chait. Bha fallas fuar an eagail a' brùchdadh tromhainn, 's cha robh iongnadh ann. Ach bha a' chorc mhòr fosgailte nam làimh deas an uair a thogadh iad am fraoch, ach mar a bha 'm fortan an dàn dhuinn le chèile, chaidh iad uile 'mach, agus, ann am prioba na sùla, bha mi air mo bhonn. Leig mi Murchadh fa sgaoil, agus a-mach gun ghabh sinn nar dearg leum. Bha fios againn gum biodh am bàta aig Tràigh Gheal, agus chuir sinn romhainn an gad a ghoid a chùm 's nach b' urrainn dhaibh an t-iasg a thoirt leotha.

"Ràinig sinn an cladach, 's mar a thubhairt, b' fhìor. Bha 'm bàta mòr air acair pìos a-mach bhon chreig, 's a' gheòla an cois na tuinne. Leum sinn innte, 's an uair a ràinig sinn an tè mhòr, chuir fear a-nuas a cheann às an toll-thoisich.

"'An tàinig sibh?' ars esan.

"B' e 'm freagradh a fhuair e: dòrnag an ràimh san uchd, 's thuit e a' crathadh a chas air clàr-uachdair a' bhàta.

"'Ciod e 'm mì-fhortan mòr a tha seo, no ciod e idir a tha nur beachd?' ars a chompanach.

"Ach fhuair esan cuideachd a' cheart chòmhdhail agus a' cheart leabaidh. Cha robh an còrr air bòrd, agus mhaoidh sinn an cinn 's an amhaichean air na fir mura biodh iad sàmhach. An àm cur rithe a h-aodaich, chuala sinn càch nan sradaichean anns a' chladach, agus anns a' mhionaid cha robh fear nach robh a' toirt seachad dusan òrdugh, muin air mhuin, dan companaich sa bhàta, 's iad gun fhios gun deachaidh car eile an adhairc an daimh.

"'Leigibh a-nall a' gheòla, a ghalaidean. Feumaidh sinn bhith às sa mhionaid, no bidh na Rosaich air ar muin gun dàil. Na togaibh an acair an-dràsta gus am faigh sinn air bòrd. An cluinn sibh? A chlann an uilc, ciod e tha nur beachd? A dhà chealgair! A bheil sibh an dùil ar brath? Cha toir fear agaibh sgreuch ri mhaireann, ach sinne dh'fhaotainn air bòrd.'

"'Madainn mhaith leibh, fheara, 's gum bu slàn a thèid maragan muilt mhòra Rois dhuibh – na gheibh sibh dhiubh –' arsa Murchadh. Leig siud an cat às a' phoca, 's mar gun tuigeadh iad a' chùis, bha iad sa mhionaid cho sàmhach ris na mairbh san uaigh. Cha chuala sinn diog tuilleadh, 's sheòl sinn gu ciùin bòidheach sìos taobh a' chladaich air an t-slighe gu Caol Idhe. Ach an uair a bha sinn mu choinneimh beul fadhail Eilean Earraid thall an siud, chuala sinn iomram, 's ciod e bha gu bhith againn ach sgoth mhòr dhubh. A-mach a thug sinn anns a' gheòla, 's a-mach a thug iadsan às ar dèidh. Bha iad gar toirt a-steach a lìon beag is beag. Rinn sinn dìreach air an fhadhail, am beachd, an uair a ruigeamaid an

tanalachd gum faigheamaid às orra. Fad chòig mionaidean bha
"beir, cha bheir" aca oirnn. Bha sinn a' guidhe gum buaileadh iad
an grunnd, ach bha barrachd uisge ann na shaoil sinn. Fhuair iad
mu dheireadh suas ruinn. Leum am fear a bh' air an ràmh-thoisich
a bhreith air dheireadh air a' gheòla, 's shaoil sinn gun robh sinn
rèidh, ach dh'iomair sinn oirnn gu sgairteil, 's mun d' rinn e grèim,
thug druim na sgotha duibhe sgread air a' ghainmhich, agus bu
bhinn leam am fuaim. Fhuair sinn às gu maith caol.

"Sin agaibh, a-nis, an cunnart bu mhotha anns an deachaidh
mise riamh, a h-uile taobh a thug mi, agus 's iomadh taobh sin.

"Ach mu dheidhinn an t-seann duine a thug còmhdhail sa
bhothan, chan urrainn dhomh bhreithneachadh cò no dè bh' ann.
Theireadh cuid gum bu tannasg a bh' ann, cuid gum bu shìthiche
e, agus cuid eile gum b' fheudar gun do thuit mi 'm chadal, 's gun
do bhruadair mi an nì. Ach coma co-dhiù, cha do dhìochuimhnich
mi riamh am port. Seo agaibh mar a tha e dol" – agus channtairich
mo charaid a h-uile car dheth, 's e cluich a mheuran air a' bhàta.

Dh'fhàg sinn an sin latha maith aig a chèile, agus ghabh gach
fear againn a rathad fhèin. Ach an uair a bha mi ag imeachd tron
raon leam fhèin, cha b' urrainn dhomh gun a bhith a' smaoint-
eachadh air sgeul an t-seann duine, agus gu seachd sònraichte air
a' phìobaireachd a thug cho fada air chall.

Calum an Òir

O chionn mòran bhliadhnachan, bha duine an Ì Chalum Chille ris an abradh Calum an Òir. Fhuair Calum an t-ainm urramach seo tro dhriodart glè neònach tron tàinig e aig aon àm de bheatha.

Ri linn Calum an Òir bha cor muinntir Idhe tur eadar-dhealaichte ris mar tha e an-diugh. Bha iad, mar a bha a' chuid bu mhotha den Ghàidhealtachd anns an àm, a' tighinn beò air toradh a' ghruinnd – is cha bu dona an tighinn beò sin a rèir coltais. Cha robh iad a-riamh gun gu leòir de bhiadh 's de dh'aodach den t-seòrsa a bh' ann, is ged nach robh sin, maith dh'fhaoidteadh, cho rìomhach ris mar tha sinn cleachdte an-diugh, bha na fir 's na mnathan na bu bhrèagha, 's na b' fhallaine, 's na b' fhoghaintiche na tha iad an-diugh.

An dèidh crìoch a chur air an àiteach, deireadh an earraich, bha aig muinntir Idhe ri mòine na bliadhna a bhuain am blàir an Rois, agus bha sin na aon ùpraid agus saothair a th' air a' caomhnadh don linn a th' ann an-diugh. Mum faigheadh iad a' mhòine air a h-aiseag 's air a cur an cruaich aig ceann an taighe, bha àm an iasgaich a' tighinn orra, 's cha bhiodh bàta san eilean nach biodh a' dol don chuan bho mhoch gu dubh.

Aig an àm seo, ma-tà, chaidh Calum an Òir, mar bu ghnàth, agus dà choimhearsnach dha a dh'iasgach air latha sònraichte. Cha robh a' ghrian ach air èirigh thar cnuic Mhuile nuair a thog iad a-mach à Pollarain. Bha a' mhadainn ciùin bòidheach, gun deò à adhar, is badan mìn geal ceò air mullach gach cnuic. Bha an cuan mòr mar ghloine, 's gach seòrsa eun nan ceudan a' tional an lòin air an uisge, 's a' ràcail 's a' ceileireadh air uchd gach luinn mhaoil fhada ghuirm.

An dèidh iomadh buille ràimh, ràinig na fir an t-àit'-iasgaich air a' Ghual Mhòir. Chaidh fear a dh'fhannadh is dithis a dh'iasgach, is cha b' fhada gus an cluinnteadh srann no sgrìoban ri beul-mòr a' bhàta, is truisg reachdmhor a' toirt breab len earbaill an àm fàgail na fairge, 's an sin ag iomairt san taoim.

Mu mheadhan-latha, thùirling ceò trom tiugh a-nuas air a' chuan, is nuair a sgaoil e air falbh mu fheasgar, ciod e chunnaic na h-iasgairean astar math air falbh uapa, ach long mhòr fo a làn cuid sheòl. Cha robh a' ghaoth ach fann, ach, leis a' bheagan a bh' ann, rinn i a-nuas orrasan. Shaoil na fir gum b' ann a' tighinn a cheannach èisg a bha i, oir thàinig i cho dlùth 's gur gann nach robh a h-ùrlainn bhrèagha os cionn a' bhàta bhig mun do chuir i an ceann. Chrathadh siùil mhòra bhaidealach gheala, 's mun gann a thòisich iad air crathadh anns a' ghaoith, ghlaodh an sgiobair gun do chaill iad an cùrsa, is nan tigeadh a h-aon aca air bòrd mar fhear-iùil gus am faigheadh an long air ceann dìreach na slighe, gum biodh e air a dheagh phàigheadh.

B' e Calum an aon fhear den triùir a labhradh Beurla, agus air bòrd bha e an tiotan, is chan eil teagamh nach robh e na iongnadh mòr don sgioba Ghallda, le fhèileadh beag sgiobalta agus boineid leathann ghorm.

Chaidh an sgoth a thoirt an tobha, is thug an long a h-aghaidh air a' Chuan t-Siar, is Calum na sheasamh gu spaideil ri guala fear na stiùrach. Nuair a thog iad a-mach gu math ri guala na Sgeire Mòire, eadar sin 's an Dubh Hirteach, dh'iarr Calum a chur air bòrd na sgoithe, bho nach robh an còrr feum air. Ach, air bòrd na sgoithe chan fhaigheadh e. An àite sin 's ann a chaidh an tobha a ghearradh 's an sgoth a leigeil ma sgaoil.

Bheòthaich a ghaoth, is thug an long sìnteagan sunndach air falbh. Ma thug, thug an sgoth dhubh às a dèidh cho math 's a dhèanadh dà ràmh dharaich e, agus dithis sgairteil air an cùl. Fhuair an long làn a cròic giobail de ghaoith fhallain on tuath, 's a-mach thug i mar earba 's na mial-choin sheang na dèidh. Mu dheireadh, nuair nach fhaiceadh na fir a bha san sgothaidh a siùil àrda ach mar lon-dubh an aodann nan speur, thill iad.

Bha a' ghrian an àird an adhar an latha a-màireach mun do ràinig iad Ì, is bha an càirdean uile rompa aig cladach. Dh'innis iad mar a dh'èirich dhaibh, agus bu mhòr bròn bean Chaluim, a bh' air a fàgail air ceann teaghlaich òig bhig laig. Cha robh cor

Chaluim fhèin dad na b' fheàrr, ach mòran na bu mhiosa, a' cuimhneachadh air a mhnaoi 's air a theaghlach bheag, bhon deach a sgobadh air falbh cho eucoireach. Fhuair e fìor dhroch ùisneachadh bho sgioba na luinge, a chionn, ged bha e na dhuine làidir foghainteach deas fuasgailteach, bu bheag a chuid am measg na bhiodh na aghaidh nam biodh e cho gòrach 's gun tionndaidh e orra na aonar. Cha robh aige, leis a sin, ach cur suas leis a h-uile mì-mhodh a bha e a' faotainn, agus a bhith a' tighinn beò an dòchas gum faigheadh e latha fhèin air pàirt aca, uaireigin.

Latha gheibheadh e biadh is latha eile nach fhaigheadh, is aig àm cadail, cha robh aige ach a bhith a' sealltainn a-mach airson cùil air choireigin air clàr-uachdair na luinge. Bha aon rud na fhàbhar: gun robh an t-sìde blàth, is cha b' i cuid na h-oidhche bu mhiosa idir den chùis.

An dèidh a bhith faisg air mìos aig fairge, thog iad fearann, agus, an ùine gun a bhith fada, thilgeadh an acair a-mach anns an abhainn air a bheil am baile mòr Eabharc Nuadh a' togail a stìoball àrda. An tiota, chaidh a' gheòla a chur a-mach, agus chaidh Calum a thilgeadh air a' cheatha mar gum biodh ann cù gun mhaighstir, gun chuid, gun chuideachd, gun bhiadh, gun airgead, gun dòigh no innleachd air tighinn beò, agus, rud bu ghoirte air fad, gun dùil a dhùthaich fhèin no a chuideachd fhaicinn gu bràth. Ach bha e toilichte gun d' fhuair e a bheò air tìr: rud ris nach robh mòran dùil aige aon uair.

Coma leibh no co-dhiù, thug e greis a' sràidimeachd air ais 's air aghaidh air a' cheatha, a' gabhail iongnaidh de gach nì no neach a bha e a' faicinn, agus gach neach a bha ga fhaicinn-san a' gabhail iongnaidh mòran bu mhotha dheth.

Bha gille òg an sin a' gabhail sràid rathad a' cheatha, is ghabh e iongnadh mòr den duine neònach seo – no, maith dh'fhaoidteadh, mun aodach neònach a bh' air an duine. Bha an gille seo na chlèireach an taigh-gnothaich mòr anns a' bhaile, is thachair gun d' innis e da mhaighstir mun duine iongantach a chunnaic e air a' cheatha.

Tha e coltach gum bu Ghàidheal a mhaighstir, agus thuig e air naidheachd a' ghille gum bu Ghàidheal an coigreach cuideachd.

"'S fheàrr dhut," ars esan, "dol sìos gun cheatha 'rithis agus a ràdh ris an duine sin gum bheil mise ga iarraidh."

Dh'fhalbh an clèireach, agus cha b' fhada gus an do thill e fhèin agus Calum. Chuir an duin'-uasal fàilte chridheil air Calum, an Gàidhlig, agus dh'fhàs e bodhar dall ri cluinntinn cànain a dhùthcha an tìr chèin. Thug an duin'-uasal a-staigh e da sheòmar dìomhair fhèin. Dh'innis Calum a naidheachd dha, agus, an uair a chuala an duin'-uasal mun liodairt bhrùideil a fhuair e bho sgioba an t-soithich, chuir e an clèireach le litir a dh'ionnsaigh an sgiobair.

A-nis, b' e an duin'-uasal seo fear-gnothaich cho àrd inbhe 's a bha sa bhaile air fad, agus an uair a leugh an sgiobair a litir, cha bu ruith ach leum leis a dhol an cuideachd leithid de dhuine urramach. Sgeadaich e e fhèin anns an aodach a b' fheàrr a bh' aige, agus air tìr bha e sa mhionaid anns a' gheòlaich. Ràinig e an t-aitreabh bhrèagha anns an robh taigh-sgrìobhaidh an duin'-uasail. Chaidh e a-stigh gu sìmplidh stòlda, 's a cheann-aodach na làimh, ach cha deach ach fàilte fhuar choimheach a chur air leis an duin'-uasal cheannardach àrdanach uaibhreach seo a bha cho ainmeil sa bhaile, 's air an cuala e iomradh cho tric. Bhuail rudeigin na inntinn sa mhionaid, agus rinn e seòrsa tuigsinn gun tug e, air a cheann mu dheireadh, duibh-leum am beul an leòmhainn.

Ach, co-dhiù, nuair a thug e fhèin 's an duin'-uasail greis a' bruidhinn, chaidh Calum a thoirt an làthair. Bha siud dìreach cho math ra bharail, agus thuig e gun robh e an grèim. Thàinig fallas fuar air, agus crith a thug air a' chathair a bha fodha a bhith a' dìosganaich.

"Am fac' thu 'n duine seo roimhe?" ars an duin'-uasal, 's e a' tomhadh ri Calum.

"Ho, ho, 's mi chunnaic!" ars an sgiobair, 's e a' gabhail air fiughair mhòr a dhèanamh ri Calum. Ach bha Calum an tràth-s' air a neo-air-thaing. Sheas e ma choinneamh cho dìreach ri luachair, a dhà làimh paisgte air uchd, agus cocadh na cheann, cho àrdanach uaibhreach ri fiadh cabrach nam beann.

"Seo an duine còir a thug mi mar fhear-iùil à Albainn," ars esan, "agus cha robh droch fheum agam air, cuideachd."

"Cha robh, tha mi a' tuigsinn," ars an duin'-uasal, "agus phàigh thu gu math e, cuideachd."

"An-dà, cha do phàigh mi fhathast e, ach pàighidh mi e air a shon sin," ars an sgiobair.

"Tha e coltach gun robh thu 'm beachd a phàigheadh gu math nuair a thilg thu air tìr air a' cheath' e, mar gum biodh cù, gun bhiadh, gun airgead," ars an duin'-uasal, "ach 's e mar a bhitheas: pàighidh tu e nam làthair-sa, an ceartair, mum fàg thu làrach nam bonn."

"An-dà," ars an sgiobair, 's e a' feuchainn a h-uile pòca bh' air, an seòrsa breislich, "tha mi duilich nach eil sgillinn air mo shiubhal an ceartair, ach thèid mi air bòrd na luinge agus gheibh mi 'n t-airgead."

"Chan ann mar sin a bhitheas, led chead," ars an duin'-uasal, ach suidhidh tu aig a chrìnlein seo agus sgrìobhaidh tu litir gud àrd oifigeach air an luing, agus their thu ris trì pocannan òir a chur air tìr, agus fanaidh tu fhèin an seo gus an tig fios-freagairt na litreach."

'S ann mar siud a bha. Dh'èirich an sgiobair gu crùbach gagach, air oiribh a chas, mun tubhairt iad, agus chuir e sìos air pàipear an aon seanchas a b' aimhliche a sgrìobh e a-riamh na bheatha. Fhad 's a bha e a' sgrìobhadh, nan toireadh e a dhà dheud bho chèile bhiodh fhiaclan a' snaganaich, is nan leigeadh e a chudrom air an dàrna cois, bhiodh sàil na tè eile a' cnagail air an ùrlar. Chan eil teagamh nach robh dùil aige gur ann air tàilleibh an truaghain a thog e cùl Idhe, agus air an robh e cho tàireil, a fhuair e fhèin an aon tàir bu mhotha a sheas e a-riamh, gun dòigh no innleachd air tighinn bhuaithe, ach a bhith cho sìobhalta ri luch fo ladhar a' chait. Ach, coma leat no co-dhiù, chuir e crìoch èiginneach air an litir.

Chaidh an clèireach agus bàta cheithir ràmh a chur leatha a dh'ionnsaigh an t-soithich, is cha b' fhada gus an do thill leis an òr. Chaidh na bh' anns na trì pocannan a dhòrtadh air a' bhòrd, agus an tòrr a thaomadh anns an aon fhear bu mhotha. Chaidh an t-ultach a shìneadh do Chalum an làthair an sgiobair. Bha an sgiobair a' gabhail air a bhith fuathasach toilichte, ged nach robh e duilich fhaicinn gun cagnadh e iarann fuar fo fhiaclan.

"Cha d' fhuair Calum bochd ach an rud a choisinn e, agus math leam-sa aig' e," ars esan, "tha mi 'dol a sheòladh gu Cluaidh an ceann latha no dhà agus, ma thoilicheas Calum, bheir mi dha 'n t-aiseag an-asgaidh."

"An-dà," ars an duin'-uasal, 's e ga fhreagradh facal air an fhacal, "cha d' fhuair thus' ach an rud a choisinn thu cuideachd, agus tha mi cinnteach gur math le Calum agad e, agus a thaobh an aiseag do dh'Albainn, tha mi 'n dùil gu bheil e cho math do Chalum a bhàt'-aiseig a thaghadh, agus ma nì e sin, seachnaidh e do thè-sa."

Dh'fhàg an sgiobair latha math aca air fad. Cha do ghèill a ghnothuch leis cho math 's a bu mhath leis, is chan eil teagamh, nan d' fhuair e an lùib Chalum aon uair eile, nach toireadh e a-mach aicheamhail airson an liodairt a fhuair e an latha ud. Cha do thachair iad tuilleadh, is bha e cho math.

An ceann ùine bhig, fhuair Calum long a thug gu Grianaig e. Fhuair e bàta an Grianaig a thug dha an t-aiseag gu Rubha an Fhuarain am Muile. Choisich e tro Mhuile gu Baile Idhe, 's am poc air a mhuin, is ràinig e a theintean fhèin gu sàbhailte, an dèidh a bhith còrr agus bliadhna air falbh, 's gun dùil no sùil ris tuilleadh.

Tha e air a ràdh gun robh làrach a' phoca air, na dhruim, a-riamh gus an latha an deach a cheann liath a leigeil ann an ùir a chuideachd an Rolaig Òdhrain, agus gur ann mar sin a thàinig Calum an Òir mar fhar-ainm air. Tha iomradh air an Ì an-diugh fhathast, ged is iomadh gineal a thàinig 's a dh'fhalbh bhon latha ud.

Driodfhortan Eachainn Sheòladair

Bha oidhche fhada gheamhraidh ann. Bha an aon taigh-cèilidh b' fheàrr san dùthaich làn, 's iad nan suidhe mun cuairt an teine a bh' air meadhan an ùrlair, a' chiad uair a thachair mi a-riamh air Eachann Seòladair.

Bha Eachann fhèin na shuidhe an cuaich-shìomain, cutag dhubh na phluic an dara h-uair, 's e a' cagnadh badan fraoich an uair eile, 's a theanga air shiubhal gun stad, biodh a roghainn na bheul.

"Ciod e 'n cunnart bu mhotha tron tàinig mi?" ars esan, 's e a' freagairt h-aoin de na bha a-staigh.

"An-dà, thuit mi uair far na slaite is chaidh beirsinn orm, 's mi 'dol fodha an treas uair. Chaidh mi uair eile air fuadach leis a' gheòlaich, is bha dìreach an deò annam nuair a chaidh mo thogail an ceann trì làithean. Ach thàinig mi tro chunnart bu mhotha na a h-aon dhiùbh sin co-dhiù, a b' uabhasaiche leam fhèin 's a bu mhotha chuireadh de ghairisinn air fuil 's air feòil."

Shocraich e e fhèin sa chuaich-shìomain, agus shnìomh e aig an aon àm naidheachd is sìoman cho math 's a chunnaic no a chuala mi a-riamh. Agus seo agaibh an naidheachd:–

"Dh'fhàg mi uair an siud Grianaig le bàta ris an abradh iad 'Anna Ghranndach', is ò, nach iomadh latha fada bhuaith' siud. Chan eil mòran de na gillean a bha leam air an turas ud beò an-diugh. B' e h-aon dhiubh, co-dhiù, Seumas MacPhàraig a bha an Ì, 's a tha 'nis an America, ma tha e beò. Siud an turas air an d' rinn e 'n t-òran ciatach sin: 'Ochòin, a chiall, gur cian bhon d' fhalbh sinn'" – is sheinn Eachann a' chiad rann dheth.

"'Anns a' mhadainn mhoich Diciadain
Thug sinn spògain às a' chriathraich,
'S fhuair an 'Anna Ghranndach' srian leath'
'S i na deann a' fàgail Ghrianaig.'

"Siud mar tha e a' falbh. Ach, co-dhiù, ràinig sinn Demaràra san 'Anna Ghranndach' mar chirc air a spìonadh le an-shìde. Dh'fhàg mis' i an Demaràra, 's ma dh'fhàg, 's iomadh latha a bha aithreachas orm. Rinn ceann aotrom, co-dhiù, rathad gu New Orleans, is cha b' ann gu rath.

"Chuir mi greis den ùine seachad ag obair air rud no dhà feadh a' bhaile, 's an uair a chunnaic mi nach robh fortan ra dhèanamh anns a' mhionaid, thug mi m' aghaidh a-mach an dùthaich. Bha 'n uair anabarrach teth. Bha a' ghrian a' tighinn dìreach às na speuran 's gun saoileadh sibh gun robh a gaithean a' dèanamh nead anns a' ghainmhich.

"Chuir mi, co-dhiù, greis den ùine seachad an siud 's an seo feadh nan tuathanach aig a h-uile seòrs' obair a bha 'dol. Ach aon latha sin, smaointich mi gun dèanainn mo rathad gu baile mòr a bha mu leth-cheud mìle bhuam, agus a-mach ghabh mi. Mu àrd-fheasgair ràinig mi àite beag far an robh coltas muilinn-shàbhaidh. Bha mi gu tràghadh le pathadh. Cha robh ach aon duine ra fhaicinn mun cuairt, agus dh'iarr mi deoch air.

"'Beir do chasan leat cho luath 's a rinn thu riamh, a choin thuathaich!' ars esan. Bha gamhlas mòr san àm ud eadar ceann a tuath is ceann a deas Stàitean America, agus tha sibh a' tuigsinn, leis na bha de Ghàidheil a' cogadh leis a' cheann a tuath airson saorsa nan tràillean bochd, bha dùil aig an fhear seo gum b' Americanach bhon cheann a tuath mi, is dhiùlt e eadhan deoch an uisge dhomh.

"'An-dà,' arsa mi fhèin ris a-rithis, 'bhithinn fada nur comain airson làn mo bheòil den uisge fhuar, 's mi cho pàiteach.'

"Thog e cheann a-rithis, is ars esan, 'Gabh a-sìos don abhainn an sin agus òl do leòir.'

"'Nam biodh uisge na h-aibhne math,' arsa mise, 'cha robh thus' air tobar a chladhach anns am bheil fichead troigh de dhoimhneachd.'

"Cha do fhreagair e mi. Choisich mi air mo shocair rathad an tobair. Thòisich mi gu rèidh air leigeadh a-sìos na bucaid leis an inneal a bha os cionn beul an tobair, ach, gu mì-fhortanach, chaidh rudeigin air aimhreit is thuit a' bhucaid sìos don tobar le glag. Chuala mo charaid siud. Thog e cheann le feirg. 'Leigidh mis' fhaicinn dhut,' ars esan. Leig e 'mach cù mòr fad-chluasach robach dubh, agus stuig e annam e. Thàinig a' bhrùid chugam a' donnal-aich gus an do chuir a chàir-fhiaclan oillt orm. Rug mi air sgonn de mhaide, is dìreach nuair a bha e 'dol a leum am sgòrnan, thug mi 'n sgailc ud dha an taobh a' chinn, is thuit e 'm preathal.

"'Mur an dèan an cù an gnothach ort,' ars am fear a bha thall, 'nì mise, agus cha bhi mi fad uime.'

"Ghabh e a-staigh na leum dearg. Thuig mi sa mhionaid ciod e a bh' air aire. Cha mhò leotha siud duine 'thilgeil agus is motha le h-aon againne lon-dubh a thoirt a-bhàn far craoibhe. Chunnaic mi gun robh mo bheatha 'n geall na b' fhiach i, agus chuir mi romham gun seasainn an làrach gus a' chuid mu dheireadh. Ghabh mi 'null. Sheas mi taobh an dorais, agus mo chuaile daraich an tarraing. Thàinig am fear ud a-mach na chabhaig, 's a ghunna chaol, fhada deas aige. Thug e sùil air mo shon-sa mun tobar, agus mun do mhothaich e gun robh mi cho dlùth dha, bha mo lann os cionn a chinn. Bha mi ro-dhlùth dha airson e 'losgadh orm. Cha robh ùine aige air teicheadh air ais a-staigh, agus 's e 'rinn e 'teich-eadh mun cuairt an taighe. Thug mis' às a dhèidh 's am maide an tarraing agam. Cha b' urrainn dhòmhsa esan a bhualadh, 's cha b' urrainn dhàsan losgadh ormsa. Chaidh sinn aon leth-dusan uair mun cuairt an taighe, 's cha robh uair a thigeadh e gun doras nach toireadh e ionnsaigh air dol a-staigh, ach cha robh ùine aige, neo bhiodh am maide mun druim aige. Thionndadh e 'n gunna ormsa 's bheirinn-sa ionnsaigh airsan leis a' mhaide.

"Mu dheireadh thall, fhuair e cothrom air leum a-staigh am fasgadh an taighe, ach ma fhuair, chaidh agams' air stràc goirt den mhaide thoirt dha an tobar an dà shlinnean, a thug air a bhith 'crathadh a chas na shìneadh air an ùrlar. Bha fhios agam nach biodh e fada sa phreathal, agus thàr mi às.

"Leum mi do churrachan a bha air bhog taobh na h-aibhne. Dh'iomair mi 'mach i le buillean làidir is mo shùil daonnan air an doras. Mu dheireadh thàinig e 'mach. Chuir e 'n gunna ra shùil gu mionadach. Shìn mise mi fhèin air ùrlar a' churrachain an àm. Chaidh an spreadhadh ud a-mach, is thug luaidhe ghlas fead san uisge mum thimcheall. Thog mi mo cheann is dìreach mar gun loisgeadh tu air sgarbh, bha an t-uisge mun cuairt a' churrachain na chobhair ghil. Chuir mi mo dhà làimh, le corragan sgaoilte, rim shròin, is ghlaodh mi 'Slàn leat' ris an aona bhrùid dhuine bu mhotha 'thachair 'riamh orm.

"Coma leibh no co-dhiù, chaidh mi air tìr air taobh eile na h-aibhne, leig mi 'n currachan gu grunnd, a chur tuilleadh feirg air mo charaid, is thug mi a' choille orm. An dèidh beagan coiseachd, thug mi 'mach taigh anns an d' fhuair mi biadh is deoch is leabaidh: mo dheagh ghabhail agam, thèid mi 'n urras. Cha b' ionann idir 's a' bhèist a dhiùlt eadhan an deoch uisge dhomh.

"Ach, co-dhiù, an dèidh latha no dhà mar sin a chur seachad feadh nan tuathanach còire, thug mi 'mach ceann mo shlighe a-rithis. Bha mi leam fhìn, ach mi gu sunndach aotrom ceòlmhor. Nuair bha mi mu thuaiream còig mìle dem cheann-uidhe, 's i air tighinn fada san oidhche, chunnaic mi teine. Rinn mi air a-staigh don choille. Chuala mi cath seanachais, is nuair a thàinig mi 'm fradharc, chunnaic mi triùir fhear gan garadh fhèin mun cuairt an teine, agus aon leth-dusan each ag ionaltradh am measg nan craobh. Thuig mi gun robh iad air a' cheart slighe rium fhèin, agus b' e sin dol a dh'ionnsaigh na faidhreach a bha ri bhith air a cumail an latha 'màireach, anns a' cheart bhaile gus an robh mi a' dol.

"Tha 'n ceart chleachdadh an siud 's a th' againn am Muile fhèin, an àm dol gun fhaidhir Mhuilich. An uair a chunnaic mi 'n triùir fhear seo mun cuairt an teine 's na h-eich ag ionaltradh anns a choille, thug e 'm chuimhne liuthaid uair a bha mi fhìn anns a' cheart suidheachadh a' cur seachad na h-oidhche fhoghair còmhla ri iomadh companach math, taobh Loch Bà no an Coille Chlachaig.

"Chaidh mi 'null far an robh na fir, agus chuir mi fàilte na h-oidhche orra. Shuidh mi mu choinneamh an teine. Sheall iad orm is dh'fhidir iad ceann mo sheud 's mo shiubhail. Dh'innis mi siud dhaibh. Ach an sin rinn fear dhiubh lachan mòr gàire am aodann.

"'Ha ha ha-a-a,' ars esan fad analach, 's e 'bualadh a dhà bhois gu cruaidh air a chèile, 'thachair sin romhaid,' ars esan, 'ach, 'ille mhaith, cha chreid mise gun tachair sinn tuilleadh an dèidh na h-oidhche seo. Gabh do chreud 's do phaidir cho luath 's a rinn thu 'riamh, agus an sin nì mi fhìn 's tu fhèin a-suas ar cunntas.'

"Sheall mi air. 'Am fear a bhuail mi 'm maide air!' Sheas a h-uile ròin a bh' air mo cheann. Bhrùchd fallas fuar tro h-uile ploc dem chraiceann. Dh'fhàisg mi mo làmhan is sheall mi gu nàdarra air mo chùlaibh.

"'À, cha dèan e 'n gnothach,' ars esan, 'cha tèid thu às oirre seo a-nochd mar a chaidh thu 'n latha roimhe, 's e 'beirsinn air mo bhana-charaid an t-seann mhusg mhòr, 'ach nì mi seo riut,' ars esan: 'gheibh thu cothrom, is ma thig thu às, is math, 's mur an tig – is math.'

"Bha triùir ann, 's cha dèanadh diùlt no doicheall feum.

"Chaidh mo cheangal am sheasamh ri craoibh. Chaidh a' mhusg a chur air stoc mum choinneamh, 's am baraille dìreach air m' uchd. Chaidh ceann an ròp a bha mu amhach fir de na h-eich a cheangal ri iarann-corraig na gunna, is nuair bha iad deas, 'A-nis,' ars esan, 'cha ghabh sinn an còrr turais riut. Mura tarraing an t-each an t-iarann-corraig mum bi 'n t-àm againne falbh a-màireach, gheibh thu às, ach ma thàirngeas – tuigidh tu fhèin an còrr. Ach, co-dhiù, beannachd leat aig an àm.'

"'Beannachd leat, beannachd leat,' ars an dithis eile cuideachd, is dh'fhalbh iad.

"Bha 'n ròpa na chuartagan air an làr. Nan toireadh an t-each aon leum le eagal às, no nan dèanadh a h-aon eile dhiubh sitir, 's gun ruitheadh e chuca, bha mi ullamh. Bha mi an sin ag ochan-aich 's a' gearan 's a' feuchainn a h-uile alt a bh' ann gu faotainn mu sgaoil, ach bha na sàis ro theann. Bha 'n t-each ag ionaltradh air aghaidh 's air aghaidh, an ròpa sìneadh 's a' sìneadh, 's am bàs na bu dlùithe 's na bu dlùithe dhòmhsa. Bha cuartag an dèidh cuartaig den ròpa air falbh cheana. Och, och, cha robh facal soileagain a chuala mi 'riamh a ghairm eich nach robh mi a' cur an cèill, feuch an tionndaidheadh e aghaidh ormsa. 'Prus-ò, prus-ò, prus-ò, a laochain!' Ach cha do rinn e ach pludaraich le shròin agus pìos eile den ròpa 'thoirt leis. 'Prus-ò, prus-ò, prus-ò.' Ò, nan robh mi air chomas aon spìonadh a thoirt air. Pludar eile, is thug e a' chuartag mu dheireadh den ròpa leis. Och, och, 's mi bha an làthair mo dheuchainn. Bha 'nis an ròpa 'g èirigh far a' ghruinnd. Bha feum grèim a' chait a bhith cho math no bha crìoch air mo dhuan gu bràth. Thug mi 'n oidhirp mu dheireadh air mi fhìn a shàbhaladh agus, gu fortanach, leis a' ghrèin 'bhith air èirigh 's air fàs teth, thàinig an ròpa a-mach gus an d' fhuair mi tionndadh gu taobh eile na craoibhe. Bha mi 'nis ceart gu leòir, is mar bu luaithe 'dh'fhalbhadh an urchair, 's e b' fheàrr dhòmhsa.

"Thòisich mi 'n sin air an each fhuadach air falbh le bhith 'glaodhaich 's a' breabadh mo chas. Cha dèanadh siud feum ach, gu fortanach, rinn fear de na h-eich eile sitir. Thog an t-each ris an robh mis' an earbsa a cheann. Ceum air aghaidh. Spìonadh air an ròpa. Nodadh goirid da cheann agus, tuidh! thug am peilear sgailc sa chraoibh. Thug a' choille ràn aiste. Leum na h-eich air gach taobh, is dhùisg na fir. Nìos ghabh iad. Phlùich mise mi fhìn air m' ais far an d' fhàg iad mi. Leig mi sìos mo cheann air m' uchd, lùb mi mo ghlùinean, is bha mi, ma b' fhìor, marbh. Thàinig iad siud, gu sunndach a' gabhail òrain, 's iad a' moladh cho math 's a dh'oibrich an innleachd a rinn iad. Dh'fhuasgail iad an ròpa, agus thuit mise le glag air an làr.

"Bha mi an dòchas gum fàgadh iad mi far an robh mi, no nam bitheadh iad cho caomhail 's gun cuireadh iad fon talamh mi, bha cho math dhomh am peilear fhèin a dhol annam. Ach nan toireadh iad a leithid seo 'dh'oidhirp chneasta, chuir mi romham strì a dhèanamh air faotainn às, le aon leum a thoirt asam, 's leis a bhreislich san rachadh iad leis an eagal, bhiodh cnàimh briste an corp gach fir dhiubh mum biodh fios aca ceart ciod e a thachair.

"Ach, gu fortanach dhòmhsa, cha do rinn iad ach tòrr de mheanglain chraobh a thilgeil air mo mhuin.

"'Seo,' arsa fear dhiubh, 'grodadh e an sin,' agus, gu cinnteach, cha mhòr nach tug mi sgreuch asam nuair a chaidh bior den chraoibh am aodann. Tharraing mi m' anail gu socrach nuair a dh'fhalbh iad, is dh'èist mi ri ciod e bha 'dol nam measg: Thòisich iad air òl a chòrr nach d' òl iad roimhe, 's cha b' fhada gus an do laigh iad thairis nan cadal leis an deoch.

"Nuair a chuala mi srann shocrach aca, dh'èirich mi. Ghabh mi 'n toiseach agam fhìn gu math le biadh is deoch. Thug mi 'n sin an acainn far nan gunnachan. Chruinnich mi 'rithis na h-eich uile. Leum mi air druim fir aca, is nuair a ghuidh mi cadal math socrach do na fir, dh'fhalbh mi dh'ionnsaigh a' bhaile.

"Ràinig mi, ach cha deach mi fada air m' aghaidh nuair a chaidh mo chur an sàs airson na h-eich a ghoid. Dh'innis mi mo sgeul mar a dh'innis mi dhuibhse. Mar dhearbhadh air mo sheanchas, thugadh mi, le buidhinn den luchd-lagha, gus an àite anns an d' fhàg mi na fir. Bha iad nan cadal, ach fhuair iad garbh-dhùsgadh. Chunnacas gun robh an fhìrinn agamsa, agus, leis an eagal a ghabh na fir nuair chunnaic iad mise nam chorp slàinte, dh'aidich iad an cionta.

"B' iad seo triùir mhèirleach cho mòr 's a bha san dùthaich, agus fhuair a h-uile fear dhiubh fichead bliadhna prìosain. Sin agaibh a-nis."

Dh'èist sinn uile ri naidheachd Eachainn, agus 's iomadh lùb a chuir e air a' chuaich-shìomain mun tug e gu crìch i.

Oighre an Dùin Bhàin

Bha oighreachd an Dùin Bhàin, oighreachd a' Chnoic, agus oighreachd na Coille Mòire, a' coinneachadh sròn ri sròin aig Eas a' Choire. B' e Eas a' Choire fhèin an t-aon eas bu bhrèagha san dùthaich – agus 's iomadh eas a th' innte. Chluinnteadh a thurraraich an trì oighreachdan. Nuair a bhiodh tuil an abhainn a' ghlinne, agus stoirm de ghaoth an ear air aodann Chruachain mhòir, bhiodh siaban an eas na mhill mhòra gheala, ag uisgeachadh fearann thrì uachdaran. Bha taigh-mòr gach oighreachd an sealladh a chèile, gan altram, gach fear dhiubh, an uchd na beinne, agus an cuid shimilearan mar an ceudna ag èirigh suas am measg chraobhan brèagha den do chrath gaoth gharbh an fhoghair duilleagan bòidheach iomadh samhraidh, agus den do leagh grian bhlàth an earraich sneachd geal iomadh geamhraidh.

Bha aig Fear na Coille Mòire an aon nighean a bu bhrèagha 's a bu shnasmhoire san dùthaich o cheann gu ceann. Cha bhiodh banais, no faidhir, no cruinneachadh eile sam biodh Iseabail òg, nach toireadh i an t-urram às, agus sin le làn aonta gach mnatha san sgìreachd aig an robh nigheanan crìochnaichte iad fhèin, agus bu mhath an t-urram sin. Cha robh iongnadh, ma-tà, ged a bha sùil gach uasail òig air Iseabail.

B' iomadh gille òg smearail, le cuid is cuideachd, sprèidh is ionmhas, a bha an geall oirre. Nam measg seo, mar a h-aon 's mar a dhà – mar a their iad – bha oighre a' Chnoic. Bha sùil làidir aig a h-athair an oighre a' Chnoic a dh'Iseabail, a chionn gum b' e a bu bheartaiche, ach bha sùil mhaoth bhlàth o chridhe làn gaoil, aig Iseabail òig an oighre an Dùin, a chionn gum b' e a bu tlachd-mhoire. Bu tearc iad a ghiùlaineadh iad fhèin san deise Ghàidheal-aich cho uaibhreach calma fearail, ri Murchadh òg an Dùin. Cha do shuidh a-riamh an dìollaid a b' fheàrr a mharcaicheadh, cha do sheas an rìdhle a b' fheàrr a dhannsadh, agus cha do chuir gunna ra shùil a bu chinntiche a leagadh damh cabrach nan stùc na e. Bha e sna h-uile dòigh a dh'iarrteadh e, deas dìreach ealanta buadhmhor, agus mar a thubhairt mi, bha shùil-san inntese.

Chan eil teagamh nach pòsadh iad cuideachd, ri ùine mur a bhiodh aon rud sònraichte – agus 's ann air sin a dh'innseadh an sgeul – a thachair 's a bu reusan do Mhurchadh a chùlaibh a thoirt air an dùthaich fad mòran bhliadhnachan. Thachair rud no dhà san ùine sin, agus b' ann dhiubh pòsadh Iseabail ri Sasannach òg beartach.

Air an oidhche air an do thachair an driodart a thug air Murchadh an dùthaich fhàgail, bha deireadh-bhuana air a ghlèidh-eadh anns a' Choille Mhòir. Bha cuideachd mhòr àlainn an làthair, mar bu ghnàth do gach cruinneachadh den t-seòrsa sa Ghàidhealtachd o shean: gillean fiùghanta fearail foghainteach, ceatharnaich chalma cholgarra ghasta, agus mun coinneamh maighdeannan nach robh mìr a' tàir orra.

Mar a h-aon 's mar a dhà de na bha an làthair, bha oighre an Dùin is oighre a' Chnoic: dithis a bha an eud ra chèile airson Iseabail. Bha an oidhche ga caitheamh gu sunndach aighearach, fuaim fharamach aig casan sgiobalta air ùrlar lìomhanta, mac-talla nan creag ag aithris gu caithreamach an aodann gach stalla fuaim nan òran is ceòl na pìoba. Bha oighre an Dùin is oighre a' Chnoic a' strì cò bu trice bhiodh an cuideachd Iseabail. Nam biodh i an rìdhle leis an dara fear an tràth-s', bhiodh i leis an fhear eile a-rithis.

Bha an t-slige dol mun cuairt gu tric fad na h-oidhche, agus mar bu mhotha a bha an deoch làidir a' gabhail ris na gillean, 's ann bu trice bha i a' dol mun cuairt. Dh'èirich Murchadh òg an Dùin am meadhan na cuideachd, 's an t-slige làn na làimh, agus ars esan, "Air slàinte sìol 'IlleEathain anns gach àite 'm bheil iad: fìr mhòr an Leithir, gillean dubha Bhròlais, agus garbh-bhrotaich an Rois." Thaom e an t-slige thairis, agus ars esan a-rithis, "Cluichidh a-nis Seumas Bàn Pìobaire 'Spaidsearachd Chloinn 'IlleEathain.'"

Chuir Seumas a-suas a phìob, ach mun d' rinn e ach sèid no dhà a chur sa mhàla, chuir oighre a' Chnoic cagar na chluais agus bonn òir nà làimh. Lìonadh a' mhàla, thug am feadan 's na duis sgreuch asta còmhla. Bhuail Seumas Bàn a lùdag gu loinneil an àm a' phìob a ghleusadh, thòisich e air spaidsearachd gu h-innich is dh'èist a' chuideachd ri "Cruinneachadh Ghlinne Garadh." Shruth an ceòl-mòr a-mach gu h-àlainn às an fheadan 's às na duis. Ghiùlain an osag an fhuaim, is thilg na cnuic gu chèile i.

Dh'èist Murchadh greis, ach cha do thòisich Seumas Bàn air an t-siubhal nuair a stad an ceòl. Leum Murchadh is thug e an gothaire à beul a' phìobaire, is mun gann a bhàsaich fuaim a' chiùil sa chnoc a b' fhaide air falbh, bha ùpraid air ùrlar an t-sabhail. "An ann a' toirt tàmailt dhòmhsa a tha thu?" ars esan ris a' phìob-aire, agus leis na facail, tharraing e a làmh. Thuit Seumas Bàn na ghlag air an ùrlar. Bha ùb-àb feadh an taighe, is thug an ceòl-gàire 's an fhearas-chuideachd àite do ghlaodhaich is do bhualadh bhas.

A dh'aindeoin na chaidh de sgil a chur an cèill, cha robh coltas tillidh air Seumas. Shìolaidh fearg Mhurchaidh a-sìos. Chunnaic e an cunnart san robh e, agus gun dàil smaointich e air an dùthaich a thoirt fo cheann. Dh'fhalbh e − aon mhac athar 's a mhàthar − 's mun do dheàrrs grian bhuidhe na maidne foghair air cnocan glasa an Dùin, bha Murchadh astar math gu Galldachd.

Ràinig e Grianaig, ach cha robh e fad an sin nuair a fhuair e fios o mhac bràthair-athar dha gun robh Seumas Bàn marbh, 's gum b' fheàrr dha teicheadh às an dùthaich. Ràinig an naidheachd seo a chridhe gu mòr: gun robh e na mhurtair, gum feumadh e teich-eadh, 's nach faiceadh e a chuideachd gu bràth! Ach rinn e suas inntinn. An latha no dhà, chaidh e air bòrd luinge na sheòladair.

Bha an long a' dol air thuras gu Astràilia, is bha Murchadh am beachd a fàgail thall agus a rathad a dhèanamh mar a b' fheàrr a dh'fhaodadh e gu Ballarat, a dhèanamh fhortain aig an òr. Ach cha b' e fortan ach mì-fhortan a' chiad rud a thachair do Mhurchadh bochd. Chaidh an long a chall air taobh an iar na h-Aifrig, agus b' e Murchadh fhèin an t-aon fhear de na bh' air bòrd a chaidh a shàbhaladh.

Shnàmh e gu sgairteil am measg nan tonnan mòra, ach nuair a ràinig e cois na tuinne, na b' fhaide cha b' urrainn dha dol. Bha e air tràigh chòmhnaird ghil, ach bha e cho claoidhte leis a' ghàbhadh mhòr às an tàinig e, 's nach d' rinn e ach imeachd astar beag air a mhàgan, 's e fhèin a shìneadh anns an fheamainn.

B' e beul an latha a bh' ann, bha an iarmailt air a còmhdach le brataich thruim de neòil dhubha a bha a' spùtadh a-mach gaithean deàrrsach de theine, 's anns an robh na torrain a' nuallanaich gu h-oillteil. Bha an stoirm a' bùirich, 's an fhairge a' beucaich mar bheathach fiadhaich, 's na tonnan gàireach geala gan cosg fhèin ris an tràigh. Thàinig cadal trom air Murchadh, ach, thar leis, mar gum b' ann am bruadar, gun cuala e guth mun do thuit suain air, a bha ag ràdh gu muladach:–

"Faicibh oighre 'n Dùin sa chladach,
Faicibh oighre 'n Dùin,
Faicibh oighre 'n Dùin na chadal,
'S an cuan a' seinn da ciùil.

"Ach tillidh oighre 'n Dùin rinn fhathast,
Tillidh oighre 'n Dùin;
Nuair thilleas Murchadh òg gu dhachaigh,
Bidh sunnd is sùrd san Dùin."

Cha robh cuimhne aig Murchadh air a' chòrr. A' chiad fhosgladh a rinn e air a shùilean fhuair e e fhèin na shìneadh air leab-ùrlair am bothaig bhig dhuibh, agus ceithir mnathan dubha mun cuairt air a' freastal gu coibhneil dha.

An latha no dhà, bha e cho math 's a bha e a-riamh, ach ceudan mìle o reachd 's o rian 's o challachadh, 's am measg dhaoine dubha borba, ach anns an robh nàdar glè choibhneil.

Thug e ceithir bliadhna nam measg mar seo gu toilichte, a' tighinn beò air measan 's air sithinn mar a bha iad fhèin. Rinn e e fhèin cho mòr ri cleachdainnean na dùthcha 's nan treubhan borba seo, gus an robh e ach gann ionann 's mar iad fhèin anns gach dòigh, ach gun robh e geal, agus cha mhòr nach do dhìochuimhnich e sin fhèin. Cha toireadh a h-aon dhiubh bàrr air air muir no air monadh, agus thug e oileanachadh mòr dhaibh ann a bhith a' togail thaighean agus an oibreachadh a' ghruinnd às an robh iad a' toirt cuid mhòir dan lòn.

Cha robh dùil aige ach gum bàsaicheadh e san dùthaich fhiadhaich seo, gus aon latha an tàinig soitheach mòr dlùth don chladach le ceò. Chaidh Murchadh air bòrd na luinge seo le currach. Bu shoitheach Albannach i a bha a' dol gu ruig Astràilia. Rinn e fhèin 's an sgioba gàirdeachas mòr ra chèile. Ghabh e a thuras leis an luing, 's le deòir na shùilean, dh'fhàg e beannachd aig a chàirdean, na daoine dubha.

Ràinig an long a ceann-uidhe gu sàbhailte. B' e sin Melbourne, 's cha bu luaithe a fhuair Murchadh a chas air tìr na thug e aghaidh air Ballarat. Choisich e a h-uile ceum den rathad maille ri iomadh h-aon eile a bha air a' cheart turas. Ràinig iad mu dheireadh baile mòr an òir, agus cha b' fhada gus an deach muinntireas a chur orra aig obair a thug fortan do phàirt agus mì-fhortan do phàirt eile. Ach bha Murchadh òg den chiad phàirt.

Cha robh e mòran ùine san dùthaich nuair fhuair e toll òir da fhèin, agus thòisich am beartas air sruthadh chuige. An dèidh a bhith fichead bliadhna am Ballarat, smaointich e, on a bha maoin gu leòir aige 's gun duine ann aig am fàgadh e e, gun rachadh e a chosg a chòrr da bhliadhnachan air ais 's air aghaidh feadh na dùthcha is nam bailtean mòra. Cha chuala e sgeul a-riamh on t-seann dùthaich, is b' àill leis nach cluinneadh, air eagal 's nach b' e sgeul ro thaitneach a bhiodh innte.

Co-dhiù, dh'fhàg e beannachd aig na tuill òir, agus dh'fhalbh e an cuideachd fear de na carbadan a bha giùlan an òir gus na taighean taisg anns na bailtean mòra. Fhuair iad air an aghaidh gu math gus an robh iad a' dol tro choille mhòir, far an robh an rathad gu math garbh tolgach. An aon bhad b' fheudar don charbad seasamh gus an cuirteadh às an rathad craobh mhòr a bha tarsainn air a cheum.

Anns a' mhionaid chaidh ionnsaigh a thoirt air a' chuideachd le luchd-reubainn. Thòisich losgadh air gach taobh, ach fhuair luchd-dìon a' charbaid a' chuid bu mhiosa dheth, agus theich iad. Sheas Murchadh gus am fear mu dheireadh, 's e a' losgadh o chùl craoibhe. Ach, mu dheireadh, b' fheudar dha a chasan a thoirt leis. An àm ruith le bheatha, thuit e, agus, anns an dol sìos a bh' aige, thug peilear srann a' dol tro fhalt. Dh'fhan e mar a bh' aige, agus shàbhail sin a bheatha dha, oir shaoil na robairean gun robh e marbh, 's cha tug iad an còrr sùl air. Spùinn iad an carbad is dh'fhalbh iad an cabhaig.

Nuair a thog Murchadh a cheann, cha robh ri fhaicinn ach capall bàn a dh'fhàg na robairean nan dèidh leis a' chabhaig. Bha i ag ionaltradh mun cuairt, ach smaointich Murchadh on a bu chapall searraich i, gun toireadh i a h-aghaidh air an taigh gun dàil. B' ann mar sin a bha, agus lean e i air a shocair. Am beul an latha, ràinig i coltas taighe tuathanaich, agus b' e sin taigh nan robairean.

Nuair a thàinig an latha air aghaidh gu math, chaidh e a-staigh. Dh'innis e mar a dh'èirich dha an oidhche roimhe siud, is cha do ghabh e air gun robh amharas sam bith aige orrasan, is cha mhò thuig iadsan gun do bhrath an capall bàn iad. Rinn na robairean coibhneas mòr ris, agus bu bheag an dùil gun do choinnich iad roimhe. Dh'fhan e nan cuideachd gu madainn an latha a-màireach, agus nuair a dh'fhalbh e, chuir iad biadh is deoch leis.

Coma leibh na co-dhiù, cha deach e fada air a shlighe nuair a thachair marcaich air. Dh'fhaighnich e an rathad dheth agus càit am faigheadh e tàmh car oidhche. Fhreagair Murchadh gun robh taigh tuathanaich chòir beagan mhìltean roimhe far am faigheadh e aoigheachd gu latha. "Tha droch ainm aig an taigh sin," ars an coigreach. Arsa Murchadh, "'S iad na daoine is cneasta 'thachair ormsa 'riamh, agus 's iomadh doras a ràinig mi nis. 'S ann a nì iad gàirdeachas ri duine 'dhol an rathad a bheir dhaibh eachdraidh an t-saoghail, 's iad cho leth-oireach. Sin mar a fhuair mise iad, co-dhiù, agus moladh gach neach mar a gheibh." An dèidh greis a thoirt a' còmhradh taobh an rathaid mhòir, dh'fhàg iad beannachd bhlàth aig a chèile, is thug gach fear aghaidh air a cheann fhèin den rathad.

Bha Murchadh glè thoilichte fhaotainn cuidhteas a charaid. Chùm e cluas ri claistinneachd an oidhche roimhe siud, is bha fhios aige gun tachradh fear de na robairean air an riochd coigrich mun rachadh e ro fhad air aghaidh. Bha seo a thogail brath ciod e barail Mhurchaidh orra, 's nan do thuig e an fhìor bharail sin, cha deach Murchadh bochd na b' fhaide. Ach bha Murchadh cho seòlta ris an robair fhèin.

Na dhèidh seo, thug Murchadh trì làithean is trì oidhcheannan air an t-slighe mun do thachair smùid air. Bha e a' cadal am preasan chraobh, is a' tighinn beò air measan.

Ach air feasgar a' cheathramh latha, ràinig e bothag bheag, taobh an rathaid mhòir. Dh'iarr e cuid-oidhche agus fhuair e siud gu fialaidh. Bha a' bhothag seo sè mìle o bhaile, is cha robh innte ach aon duine a bha glacadh choineanach. Bha e ro-thoilichte companach fhaotainn aon oidhche fhèin. Agus nuair a fhuair Murchadh biadh is deoch is gabhail aige gu math, thòisich sgeulachdan is òrain mhatha Ghàidhlig, agus ceòl na pìoba – oir b' fhìor Ghàidheal a bha sa bhothaig.

Bha Murchadh a' dannsadh ra fhaileas leis a' cheòl bheadarach. An dèidh greis air ceòl meàrrsaidh is ceòl dannsaidh, thuirt am pìobaire, "Cluichidh mi nis ceòl-mòr, ma thoilicheas tu." "Tha mi ro thoileach," arsa Murchadh. Chuir am pìobaire suas na duis a-rithis, lìonadh a' mhàla, shiubhail na meòir gu smearail air an fheadan an àm gleusadh na pìoba. Thòisich an ceòl. Dh'èist Murchadh le ceann crom, le sùilean làn, 's le osnaibh troma. Bha am pìobaire a' spaidsearachd le ceum socrach air ais is air aghaidh air an ùrlar.

Thaom an ceòl a-mach, is bha gach lùb is gach car sa phort a' toirt dealbh na seann dachaigh fa chomhair Mhurchaidh. Thàinig a' chiad latha de na ceithir bliadhna fichead a shin on d' fhàg e an taigh, gu soilleir na làthair: sabhal nam blàr uaine, am bàl, Iseabail òg, an comann greadhnach, Seumas Bàn Pìobaire, is athair 's a mhàthair fhèin len cridheachan goirte. B' e "Cruinneachadh Ghlinne Garadh" a bh' ann.

Sguir an ceòl ealanta, is phlosg cridhe Mhurchaidh nuair a chuimhnich e gun robh e fhathast mìltean de mhìltean on dealbh air an do sheall e na inntinn. Ach shuidh am pìobaire 's e fhèin fo sgleò. Las e a phìob thombaca, is nuair a thòisich an ceò liath air dìreadh na chuartagan 's na chearcaill ghrinn a-suas gus na sparran, ars esan, le osnaich thruim, "Chan eil uair a chluicheas mi 'm port ud, 's mi leam fhèin an seo, nach bi mulad orm 's nach bi mi smaointinn air aon rud sònraichte a thachair mun d' fhàg mi 'n taigh."

Chuir e caoran ris a' phìob, a chasan bac air oireig, is dh'èist Murchadh le iongnadh. An robh neach eile ann dan robh a' cheart phort ud a' toirt dachaigh cuimhneachain cho math ris fhèin? An robh am pìobaire sa cheart suidheachadh san robh esan? Dh'èist e gu mion ris an sgeul.

"Bha mise," ars am pìobaire, "oidhche shònraichte aig deireadh-bhuana. Bha dithis ghillean òga gasta an sin an eud da chèile airson nighinn bhrèagha de bhana-choimhearsnach dhaibh, agus dh'iarr fear dhiubh ormsa, airson fearg a chur air an fhear eile, 'Spaidsearachd Chloinn 'IlleEathain' a chluich. Dh'iarr am fear eile, an cagar, 's e a' cur gini òir nam làimh, 'Cruinneachadh Ghlinne Garadh' a chluich. Thòisich mi air a' phort, ghabh Murchadh òg mo rùin, 's an deoch air, siud gu h-olc. Thug e leum chugam, agus gun mhòran a ràdh, bhuail e mi. Thuit mi mar phloc air an ùrlar. Bha mi gun diog a-sìos no a-nìos agam fad thrì uairean. Shaoileas gun robh mi marbh, ach, le sgil, thàinig mi mun cuairt.

"Co-dhiù, mun d' fhosgail mi mo shùilean, no eadhan, mun tug mi a' chiad phlosg asam, thug oighre bòidheach an Dùin Bhàin gu bràth a chùl air an dùthaich. Chualas gun do sheòl e air luing mhòir thrì crann a-mach à Grianaig. Ach chaidh a chall, is cha chualas guth 'riamh air duine de na bha air bòrd. Shaoil an gille bochd gun robh mise marbh, is theich e. Thig na deòir nam shùilean fhathast nuair a chuimhnicheas mi air."

Thiormaich am pìobaire a shùilean, las e an crèadha a-rithis, ach mun gann a tharraing e aon toit, dh'èirich Murchadh, 's e gus an seo balbh dall, mar h-aon fo gheasaibh, chuir e a dhà làimh mu mhuineal a' phìobaire is phòg e gun stad e.

"A Sheumais Bhàin, eudail," ars esan, "a bheil thu beò fhathast, ged is iomadh deur goirt a leig mi agus ceum allabanach a thug mi airson do bhàis o chionn ceithir bliadhna fichead? Is mise Murchadh òg an Dùin! An aithnich thu idir mi? A Sheumais, a rùin, a rùin!" Agus chaoin Murchadh a-rithis le toil-inntinn 's le gàirdeachas.

"Tha mi gad aithneachadh a-nis, a Mhurchaidh, ach ma leigeas tu fhaicinn dhomh am miann a tha fod chìch dheis, bithidh mi cinnteach gur tu a th' ann."

Rinn Murchadh siud. Rinn na fir gàirdeachas mòr ra chèile. Shuidh iad taobh an teine a' chuid a b' fheàrr den oidhche, agus b' iomadh naidheachd a dh'aithris iad da chèile.

Bha Murchadh an latha a-màireach na bu toilichte na bha e còrr math agus fichead bliadhna roimhe siud. Rinn e suas inntinn air ball dol dachaigh, agus rinn Seumas Bàn an nì ceudna, 's e fhèin an dèidh fortan a dhèanamh cuideachd.

A dhèanamh naidheachd ghoirid de naidheachd fhada, bhrath Murchadh na robairean is fhuair e airgead-cinn mòr. Na dhèidh sin, sheòl e fhèin agus Seumas Bàn dhachaigh. Ràinig iad tìr nam beann gu sàbhailte. Rinn an càirdean – na bha beò dhiubh – gàirdeachas mòr riutha. Bha athair is màthair Mhurchaidh fhathast an tìr nam beò, agus bha toileachadh thar tomhais orra an aona mhac a thilleadh beò slàn a shealbhachadh oighreachd athraichean.

Bu bhuille ghoirt do mhac bràthair-athar Murchadh a thogail a chinn. B' ann an dòchas Murchadh a dh'fhuireach air falbh a sgrìobh e chuige na breugan mu Sheumas Bàn, is gum faigheadh e fhèin an oighreachd. Ach, gu h-iongantach, thill oighre dligheach an Dùin.

Iomadh latha an dèidh tilleadh dhachaigh, is minig a chuimhnich Murchadh, nuair a bhiodh e air a sheann eòlas am measg nan cnoc 's nan glac 's nam preas, air a' cheòl neònach a chuala e nuair a bha e air a thilgeadh air cladach fhiadhaich na h-Aifrig:–

"Faicibh oighre 'n Dùin sa chladach,
Faicibh oighre 'n Dùin;
Faicibh oighre 'n Dùin na chadal,
'S an cuan a' seinn da ciùil.

"Ach tillidh oighre 'n Dùin rinn fhathast,'
Tillidh oighre 'n Dùin;
Nuair thilleas Murchadh òg gu dhachaigh,
Bidh sunnd is sùrd san Dùn."

AGUS THACHAIR SIN.